中國古典文學基本叢書

黄庭堅全集

第七册

〔宋〕黄庭堅 著
劉 琳
李勇先 點校
王蓉貴

中華書局

第七册目録

宋黄文節公全集·補遺卷第一

詩

詞

宋黄文節公全集·補遺卷第二

申狀

書簡

宋黄文節公全集·補遺卷第三

書簡

宋黄文節公全集·補遺卷第四

書簡

宋黄文節公全集·補遺卷第五

書簡

宋黄文節公全集・補遺卷第六

書簡

宋黄文節公全集・補遺卷第七

書簡

宋黄文節公全集・補遺卷第八

贈序

序跋

宋黄文節公全集·補遺卷第九

論説

題記

宋黄文節公全集·補遺卷第十

雜文

銘

贊

宋黄文節公全集·補遺卷第一

詩

三言古詩

1 三言二首

寄岳雲，安九夏。無間緑，實瀟灑。碧溪頭，古松下。卧槃陀，晝復夜。

其二

八德水，清且美。盪精神，浸牙齒。亂雲根，衆峰裹。掬與斟，隨器爾。（明汪砢玉《珊瑚網》卷五）

五言古詩

2　雙松亭

文殊堂下松，永日如鳴琴。我登雙松亭〔一〕，時步雙松陰。中有寂寞人，安禪無古今。

（《明一統志》卷六四）

〔一〕亭：《山堂肆考》卷一七三作「堂」。

七言古詩

3　奉和泰亭詠成孺宅瑞牡丹前韻二首仍邀再賦呈成孺昆仲漢侯賢友

詭麗何曾見洛城，綠雲浮檻捧雙英。芳心並吐初無語，粉艷相挨似有情。魏紫素奇知未足，姚黄雖美敢齊榮。香苞大表君家慶，吉事方來豈易名。

其二

正應傾國復傾城，膩玉重重疊秀英。粉面競低如顧拍，緑雲羞墜兩凝情。嬌嬈並冠三千寵，富麗還鍾百五榮。搦管濡毫思紀詠，卻嫌才短事難名。（《豫章先生遺文》卷一）

4 虛飄飄〔一〕

虛飄飄，虛飄飄，花飛不到地，虹起漫成橋。入夢雲千疊，遊空絲萬條。蜃樓百尺聳滄海，雁字一行書絳霄。虛飄飄，比人生命猶堅牢〔二〕。（宋秦觀《淮海集》卷三《和虛飄飄》原注引）

〔一〕按：據秦觀《淮海集·和虛飄飄》詩原注，黄庭堅首倡此篇，蘇軾、秦觀爲之和。宋邵浩《坡門酬唱集》卷二一録三人唱和詩亦同。今傳世東坡集多將三首全作爲東坡詩收録，誤。

〔二〕生命：《坡門酬唱集》作「身世」。

5 題孟浩然畫像

先生少也隱鹿門，爽氣洗盡塵埃昏。賦詩真可凌鮑謝，短褐豈愧公卿尊。故人私邀伴禁直，誦詩不顧龍鱗逆。風雲感會雖有時，顧此定知毋枉尺。襄江渺渺泛清流，梅殘臘月年年愁。先生一往今幾秋，後來誰復釣槎頭。（宋何汶《竹莊詩話》卷一〇）

6 清心院雙清軒〔一〕

萬劫千峰繞座隅，一泓澄澈見遊魚。誰家欄檻烟雲裏，坐我瀟湘水墨圖。人物度橋疑海市，樓臺拍水信蓬壺。潺湲枕底催鄉夢，雙井溪頭有舊廬。（明正德《袁州府志》卷一二）

〔一〕此詩康熙《萍鄉縣志》卷八、同治《萍鄉縣志》卷六均題作黄大臨詩。大臨爲庭堅兄，曾仕萍鄉縣令，庭堅曾至萍鄉探望，是則此詩作者當存疑。

7 塞上曲〔一〕

十月北風燕草黄，燕人馬肥弓力强。虎皮裁鞍鵰羽箭，射殺山陰雙白狼。青氈帳高雪不濕，擊鼓傳觴令行急。戎王半醉擁貂裘，昭君猶抱琵琶泣。（《黄太史精華録》卷六）

〔一〕按，《古今合璧事類備要》外集卷二、《山堂肆考》卷一六一、《宋藝圃集》卷一〇、《古文真寶》前集卷一〇等録此詩，題爲黄庭堅作。然宋張耒《柯山集》卷一一亦收有此詩，題作《塞獵》，則是張耒作。今姑存于此以待考。

五言排律

8 和孫莘老〔一〕

上帝群玉府，道家蓬萊山。延閣排霄起，圖書擅榮觀。宫槐緑窗外〔二〕，岑絶非世間。王度日修飭，文章麗朝班。國器攻杞梓，珍群掉孔鸞。中臺省符移，僚屬禮數寬。品藻開英鑒，賞音發清彈。儒林數耆舊，少監髮新斑。（《新編簪纓必用翰苑新書》前集卷五。又見元富大用《古今事文類聚新集》卷二九。）

〔一〕《古今事文類聚新集》題作《和孫莘老少監》。

〔二〕窗外：原作「葱葱」，據《古今事文類聚新集》改。

七言律詩

9 中秋

灝氣才中兔魄圓，衆躔韜彩獨娟娟。魏宫烏繞空枝上，漢苑桐凋露井前。金液萬重

涵渤海，玉沙千里對江邊。遥知此夕多情思，三級蕭臺枕碧漣。（宋劉克莊《分門纂類唐宋時賢千家詩選》卷四）

10 錢塘舊游

薄宦飄然笑漫郎，瑟洲花草弄幽芳。莫教景物添春色，轉覺山川是異鄉。南北峰巖空入夢，短長亭舍自相望。湖邊山寺清明後，想見蘭開褉水香。（《咸淳臨安志》卷九七《紀遺》九）

11 謝人送茶〔一〕

詩筒千里走閩山，惠我焦溪小月團。騷客醉吟腸正渴，睡魔退聽骨先寒。未堪分餅供龍焙，且遣一旗登虎壇。聊向梅邊閑啜試，揮毫字字錦披肝。（《詩淵》第一六七頁）

〔一〕按宋陳景沂《全芳備祖》後集卷二八引此詩中間二聯，署名作載翼，存疑。

12 謝人惠詩并茶

官縛何能過九江，塵奔霧走小男邦。不禁畏暑蒸南睦，時傍微涼卧北窗。茗椀喜生風腋雨，椿闈好奉雪頭雙。茶餘更把君詩讀，愁祟知之自乞降。（《詩淵》第一六七頁）

13 雲騰飈馭祠

石磴層層鳥道斜，仙家樓閣鎖煙霞。丹砂已化黄金鼎，玉洞猶開白鶴花。鐵簡有雲神永護，金鐘無韻鬼曾撾。洞天福地陰陽合，勝事留傳豈浪誇。（同治《臨江府志》卷三二）

14 大秀宫

玉笥山前大白峰，望仙橋下水溶溶。前溪流水後溪月，五步白雲三步松。半夜珮環朝上闕，插天樓閣度疏鐘。夢餘彷彿鈞天奏，如在蓬萊第幾重。（隆慶《臨江府志》卷一三）

15 秀江亭

因循不到此江頭，匹馬黄埃三十秋。舊舍只今人共老，清波常與月分流。羡君瀟洒成佳趣，感我凄涼念舊遊。沽酒買魚終不負，何時相與泛扁舟。（隆慶《臨江府志》卷一三）

16 白鶴觀（二）

複殿重樓墮杳冥，故基喬木尚峥嶸。銀河不改三千尺，鐵馬曾經十萬兵。華表故應終化鶴，謫仙未解獨騎鯨。林泉一二兒童舊，白髮衰顔只自驚。（正德《南康府志》卷一〇）

〔一〕按此詩雍正《江西通志》卷一五四署名爲秦觀，存疑。

17 次韻謝借觀五老圖

五老天然一會間，太平時節振儒冠。相君于理回天詔，輔國驅夷立塞垣。妖術圖奸梁木壞，黨碑雷震雹冰寒。丹心忠厚來安泰，惠澤垂流仰止看。（明趙琦美《趙氏鐵網珊瑚》卷一三）

18 游張公洞

古洞深沉白晝間，煙霞出没絶塵寰。落紅滿地花初歇，啼鳥一聲春自閒。丹竈苔荒仙去遠，松壇月冷鶴飛還。我來幾欲重登眺，削壁題詩興不慳。（明沈敕《荆溪外紀》卷七）

七言排律

19 衡山〔一〕

萬丈融峰插紫霄，路當窮處架仙橋。上觀碧落星辰近，下視紅塵世界遥。螺簇山低青點點〔二〕，綫拖水遠白迢迢〔三〕。當門老檜枝難長，絶頂寒松葉不彫。纔到秋初霜已降，每逢春盡雪方消。偎岩老衲針常把〔四〕，度夏禪僧扇懶摇。雷向池中興雨澤，鳥於窗外奏簫韶。游人未必長居此，暫借禪房宿兩宵〔五〕。（《永樂大典》卷八六四八）

〔二〕道光《衡山縣志》卷四九題作《祝融峰》。

〔二〕點點：《衡山縣志》作「靄靄」。

〔三〕水遠：原作「遠水」，與上句「山低」失對，據《衡山縣志》乙。

〔四〕偎：原作「猥」，據《衡山縣志》改。

〔五〕兩：《衡山縣志》作「一」。

五言絶句

20 題吴道子畫地獄變相

畫師畫地獄，苦楚百千般。畫出從頭看，使人骨毛寒。（《豫章先生遺文》卷一）

21　貴耳賤目謎

驢耳對軒軒，争酬價百千。耽耽兩虎眼，不直半分錢〔一〕。（《豫章先生遺文》卷一。又見宋趙令時《侯鯖録》卷七。）

〔一〕半分：《侯鯖録》作「一文」。

七言絶句

22　次韻李士雄子飛獨遊西園折牡丹憶弟子奇二首〔一〕

花開西寺十里雪，管領須傾三百盃。已撥春醅鬧如蟻，望君及得禁烟回。

其二

東陽瘦盡吟詩骨，冷落花前飲鳳團。魏紫姚黄滿京洛，大名城裏看山丹。（黄嵤《山谷年譜》卷二三。又見《山谷外集詩注》卷一六）

〔一〕據黄嵤《年譜》及《外集詩注》，舊本收此詩共三首，其第三首即本書《外集》卷十二同題之第一首。

23 平原郡齋二首〔一〕

平生浪學不知株，江北江南去荷鋤。窗風文字翻葉葉，猶似勸人勤讀書。

其二

成巢不處避歲鵲，得巢不安呼婦鳩。金錢滿地無人費，一斛明珠薏苡秋。（黄罃《山谷年譜》卷七。又見《山谷别集詩注》卷上）

〔一〕按本書《外集》卷十一有《平原宴坐二首》，其第一首與此處第一首文字略同，可互參。

24 從時中求蒲團

老懶萎羸閲歲寒，禪牀冷坐要蒲團。君當自致青雲上，快取雕狨覆馬鞍。（《豫章先生遺文》卷一）

25 題漢嘉東丁水

古人題作東丁水，自古東丁直到今。我爲改名方響洞，要知山水有清音。（宋陸游《老學庵筆記》卷六）

26 謝人惠牡丹

君家洛下妖嬈艷，寄與山中寂寞人。珍重仙翁有深意，不教輕負一年春。（《詩淵》第二五〇二頁）

27 謝僧送橘

茂陵多病卧賢窗，詩思無聊渴詩長。賴有廬山坐禪客，穿雲分送洞庭香。（《詩淵》第五八七頁）

28 香鑪峰

香鑪不鑄石陶甄，鼻不聞香眼見烟。上有文殊師利塔，好將一瓣此中燃。（正德《南康府志》卷一〇）

29 大秀峰

大秀仙峰菡萏開，玉梁高接九仙臺。預從山頂結茅屋，擬待先生跨鶴來。（康熙《峽江縣志》卷四）

30 東林寺二首

白蓮種出浄無塵，千古風流社裏人。禪律定知誰束縛，過溪沽酒見天真。

其二

勝地東林十八公，廬山千古一清風。淵明豈是難拘束，正與白蓮出處同。（嘉靖《九江府志》卷一五）

31 覆箱峰

上天下地似探梯，怪石巉巖襯馬蹄。擬是客程行不得，隔林猶聽杜鵑啼〔一〕。（隆慶《臨江府志》卷三）

〔一〕杜鵑：康熙《峽江縣志》卷四作「鷓鴣」。

32 南浦

太守俱來此西山，樓觀重複半煙間。高僧置酒林泉處，南浦名區望没環。（《北京圖書館藏中國歷代石刻拓本匯編》第四一册）

詞

33 畫堂春

東堂西畔有池塘，使君棐几明窗。日西人吏散東廊，蒲葦送輕涼。　翠管細通巖溜，小峰重疊山光。近池催置琵琶牀，衣帶水風香。（彊村叢書本《山谷琴趣外篇》卷二）

34 滿庭芳・雪中戲呈友人〔一〕

風力驅寒，雲容呈瑞，曉來到處花飛。偏裝瓊樹，春意到南枝。便是漁蓑舊畫，綸竿重、橫玉低垂。今宵裏，香閨邃館，幽賞事偏宜。　風流金馬客，歌鬟醉擁，烏帽斜攲。問人間何處，鵬運天池。且共周郎按曲，音微誤、首已先回。同心事，丹山路穩，長伴綵鸞歸。（汲古閣本《山谷詞》）

〔一〕按：此首唐圭璋以爲「疑非黄庭堅作，而汲古閣本《山谷詞》誤收」。

35 西江月　用惠洪韻

細細風清撼竹，遲遲日暖開花。香幃深卧醉人家，媚語嬌聲婭姹。　姹婭聲嬌語媚，家人醉卧深幃。香花開暖日遲遲，竹撼清風細細。（宋桑世昌《回文類聚》卷四）

36 好事近・橄欖

瀟灑薦冰盤，滿坐暗驚香集。久後一般風味，問幾人知得。　畫堂飲散已歸來，清潤轉更惜。留取酒醒時候，助茗甌春色。（宋陳景沂《全芳備祖》後集卷四「橄欖」門）

37 瑞鶴仙・醉翁亭

環滁皆山也。望蔚然深秀，瑯邪山也。山行六七里，有翼然泉上，醉翁亭也。翁之意也，得之心、寓之酒也。更野芳佳木，風高日出，景無窮也。　游也。山肴野蔌，酒洌泉香，沸籌觥也。太守醉也。諠譁，衆賓歡也。況宴酣之樂，非絲非竹，太守樂其樂也。問當時、太守謂誰，醉翁是也。（四庫本《草堂詩餘》卷四。又見宋魏慶之《詩人玉屑》卷二一）

38　驀山溪·春晴

朝來風日，陡覺春衫便。翠柳艷明眉，戲鞦韆、誰家倩盼。煙匀露洗，草色媚横塘，平沙軟。雕輪轉。行樂聞弦管。　追思年少，走馬尋芳伴。一醉幾纏頭，過揚州、珠簾盡捲。而今老矣，花似霧中看，歡喜淺。天涯遠，信馬歸來晚。（黄昇《唐宋諸賢絶妙詞選》卷四）

39　玉女摇仙佩

宫梅弄粉，御柳摇金，又喜皇州春早。盛世生賢，真仙應運，當日來從三島。車馬喧清曉。看千鍾賜飲，中人傳詔。最好是、芝蘭並砌，鳴珮腰金，綵衣相照。鑪煙裊，高堂半捲珠簾，神仙縹緲。　須信槐庭蔭美，鳳沼波澄，屈指十年三到。九敘重歌，元圭永錫，已把成功來告。四海瞻儀表。慶君臣會集，詩符天保。況自有、仙風道骨，玉函金篆，陰功須報。方知道、八千歲月椿難老。（《詩淵》第四五〇二頁）

40　瑶臺第一層

閬苑歸來，因醉上、瑶臺第一層。洞天深處，年年不夜，日日長春。萬花粧爛錦，散異香，馥郁留人。便乘輿、命玉龍吟笛，彩鳳吹笙。　身輕先逢瑞景，衆中先識董雙成。珮環聲麗，舞腰裊裊，波艷騰騰。翠屏金縷枕，繡被軟，夢冷槐清。樂蓬瀛，願南山同壽，北斗齊齡。（《詩淵》第四五〇二頁）

41　搗練子

梅凋粉，柳摇金。微雨輕風斂陌塵。厚約深盟何處訴，除非重見那人人。（《京本通俗小説·西山一窟鬼》）

〔附〕

梅凋粉，柳摇金。池塘波暖動遊鱗。扇和風，初晝永。　微雨後，斂輕塵。除非重見那人人，再敘厚約深盟。（明陳耀文《花草粹編》卷二）

42　菩薩蠻

輕風裊斷沈煙炷，霏微盡日寒塘雨。殘繡没心情，鳥啼花外聲。　離愁難自制，年少乖盟誓。寂寞掩朱門，羅衣空淚痕。（宋何士信《草堂詩餘》前集卷下）

43 漁家傲·題船子釣灘

蕩漾生涯身已老，短蓑篛笠扁舟小。深入水雲人不到。吟復笑，一輪明月長相照。

誰謂阿師來問道，一橈至與傳心要。船子踏翻纔是了。波渺渺，長鯨萬古無人釣。

（乾隆《金山縣志》卷一九）

宋黄文節公全集·補遺卷第二

申狀

1 供析狀

責授涪州別駕、戎州安置黄庭堅，準戎州公文：「準提刑司牒節文：『勘會正月十三日登極大赦，州縣散官編管人等并仰逐處分析聞奏。』請詳此勘會責授安置始末事因，開坐回示，以憑照會，依赦文分析開奏者。牒。」檢會昨於紹聖元年十一月内，準朝旨在開封府陳留縣聽候指揮。至紹聖二年正月初八日，授誥一道：「左朝奉郎、充集賢校理、管勾亳州明道宫、雲騎尉、賜緋魚袋黄庭堅：朕以眇末，紹承聖緒，又懼不能發揚先帝成功盛德，曩詔儒學之臣論次大典，於以章示至公，傳信萬世。明明在上，其可厚誣？爾庭堅擢於諸生，使預著作，罔念朝廷之屬任，專懷朋黨之私恩，依憑國書，疵詆先烈，變亂故實，輕徇愛憎。奏編累年，公罔朕聽，逮究厥實，語多無蹤。覽之瞿然，靡自寧處，得罪宗廟，朕何敢容？古有常刑，宜即誅殛，尚兹屈法，聊示竄投。服我寬恩，無忘自訟。可特責授涪州别駕、黔州安置，勳賜如故。」到紹聖五年二月十八日，準尚書刑部符：「準敕：『中書省、尚書省備到提舉夔州路常平等事張向狀：勘會黔州安置黄庭堅係向亡母之妹子，切慮合該迴避。奉聖旨：黄庭堅移戎州安置。』」所有責授安置始末事因，開坐詣實，即無漏落，謹具狀申戎州。謹狀。元符三年三月日，責授涪州别駕、戎州安置黄庭堅狀。（《山谷年譜》卷二七）

書簡

2　與彭居士簡

庭堅頓首。雖未嘗得奉琢磨之益，而瞻望風度，信吾友元老之所與游，知公必可人，恨相從未款耳。承朝暮遂行，跋涉風霜良勤，千萬珍重。庭堅再拜上彭君居士。（《山谷簡尺》卷上）

3 與才翁承事簡

庭堅頓首。欽仰翰墨風流，爲日已久。比聞車騎入都，竊幸可得瞻對，適以親老日須醫藥未間，未果參候。前日適飯僧於慧林，極辱垂顧，見墜刺，良愧悚。奉手誨，感慰。謹奉狀才翁承事執事。（《山谷簡尺》卷上）

4 答才翁承事簡

庭堅頓首。聞風日久，晚得識面，甚慰所望。恨家中尊老者醫藥未間，不得數從容耳。奉手誨勤懇，審旅次藜藿，而揚休山立，甚慰懷仰。詩句壯麗，伏讀增歎。跋尾謹如來諭，小暇即爲之。庭堅頓首上才翁承事賢者。（《山谷簡尺》卷上）

5 又

庭堅頓首。自承拜新命，欲一參候，屬老親頭眩，不敢出。兩辱車騎，又不得見，但懷仰耳。承十八日當西，手録詩，即下筆，三二日納上。小人自前年春病風眩，不能苦思，因不作詩至今，長者特未察耶？庭堅再拜才翁通判承事執事。（《山谷簡尺》卷上）

6 與伯充團練簡

庭堅頓首。昨日墨專，不審在何所，終日在浄因，頗思從容也。暑氣逼人，似欲不可耐，不審體力何如？欲得兩榼，可飲酒，能爲致得否？庭堅頓首上伯充大孝團練。（《山谷簡尺》卷上）

7 又

庭堅頓首。雖不數作問，然每聞動静以爲慰。見子澤云，尊府氣體已安和，想朝夕增勝。普安文字已領，須少緩乃可得爾。牌數日間寫去。有稍佳酒，行置兩榼，明日得之佳。昏夜草率。庭堅頓首伯充團練閣下。（《山谷簡尺》卷上）

8 又

庭堅頓首。天氣尚小寒，不審奉承几筵尚能支持否？和公行狀勉强就此，不知可用否？日月川流，奄將祥練，伏惟觀此論次，痛割何可勝言！謹奉疏。庭堅再拜伯充大孝團練。（《山谷簡尺》卷上）

9 答伯充團練簡

庭堅頓首。辱教，審侍奉萬福爲慰，送酒極荷勤懇。四字一二日可寫。適務老兒治寢室，久留來使，甚愧。二十六日冀得少款。草草。庭堅頓首伯充團練閤下。（《山谷簡尺》卷下）

10 與仲謀騏驥簡

庭堅頓首。驟熱，伏惟侍奉萬福。宅中大小皆佳否？累日來，爲嗣文病極，令人意思不堪，幸已安平也。馬昨日已置得，似差可奉朝謁。厩馬自今且已久拖拽，愧不可言，幾時得一款語耳。子列兩垂訪，皆不得面也。庭堅頓首上仲謀騏驥文思想弟〔一〕。（《山谷簡尺》卷上）

〔一〕想：按文意當作「仁」。《山谷簡尺》卷上一條末云「庭堅頓首天錫推官仁弟」，又一條末云「庭堅再拜靖國司法仁弟」，可證。

11 答仲謀騏驥簡

庭堅頓首。辱教，審侍奉萬福行慰。玉霜極爲珍惠，當作小詩奉謝。地黄兩日忘卻，問，輒爲乳媪擇大者十許斤蒸卻，極可笑也。今所餘如此，且納上，亦可得數椀汁也。江南舊紙，今奉一軸，可擇厚薄同者，各褾成軸，以待伯時公也。今日以祖父遠忌在家耳。庭堅頓首仲謀騏驥文思。

才起，未洗漱，草率。（《山谷簡尺》卷下）

12 與中書侍郎簡

庭堅再拜啓：霜寒，不審台候何如？雙井今春第一只有此，今納上，并揚州大明寺水一器，伏幸檢入。謹上啓。庭堅再拜上中書侍郎台座。（《山谷簡尺》卷上）

13 與宗儒親友簡

庭堅頓首。昨日辱寵顧，極荷勤懇，無以奉延長者，多愧。來日習儀罷，飯於惠林，即上謁。不須更具蔬茹，只去看墨，食柑梨松實之類足矣。庭堅頓首宗儒親友。（《山谷簡尺》卷上）

14 與子澤判局簡

親老晚來微苦腹痛，連心下痛，故未曾喫小柴胡，不審可服何藥？其餘氣體，只是午

間頭痛有四分來，身體痛有五分來在也，更望裁酌批示。庭堅頓首子澤判局宣義。（《山谷簡尺》卷上）

15 又

庭堅頓首。清晨奉候館下，承車馬侵星謁廟，計已還舍。盛暑，侍奉佳否？親老服青木香圓百五十許粒，腹中不甚妨悶，意思亦小佳。但藏府至今不通，不知可服五柔脾約神功圓之類否，幸批諭。庭堅頓首上子澤判局宣義。（《山谷簡尺》卷上）

16 與德父簡

陰風欲雪，手冷，頗學書否？子澤今旦出否？爲覓麝香圓百粒，速得之佳。庭堅頓首德父足下。（《山谷簡尺》卷上）

17 又

庭堅頓首。閒居，每出輒煩人，參候稽緩，先屈軒蓋，良荷眷與之勤。辱手誨，并惠建溪名銙，感刻感刻！朝夕碾試，乃知功粗耳。謹勒手狀道謝，不能萬一。庭堅再拜德父寨

主侍禁執事。(《山谷簡尺》卷上)

18 與洞山道人邦公簡

庭堅頓首。自前歲監院回，奉書奔走，匆匆不能嗣音。但聞往來住持安穩，院宇暉光日新，恨未瞻對耳。春寒，比來道力健否？亦得上方真學道兄弟相贊助耶？外甥洪玉父往作穀城令，名士也，曾相聚否？故人陳知白天和入都取寄下書籍，亦困道塗，少知音，公爲致三四月之費，如不肖受賜也。適有賓客，作書草草，千萬爲道自珍。庭堅頓首洞山道人邦公方丈。(《山谷簡尺》卷上)

19 與監使侍禁簡

庭堅頓首。屢屈軒蓋，昨日略到邑中，會有召食者，遂不果奉詣。天氣小冷，起居佳否？欲得數石下盤米，不審官員有交子可買否，試爲籌之，早得乃佳。庭堅頓首監使侍禁執事，朔日。(《山谷簡尺》卷上)

20 與祥侍者簡

庭堅叩頭。遠承將命臨屈，風雨山寒，良不易。罪逆餘生，苟活未死，不能爲薄主人

少佇行李，凶服又不可奉謁，謹奉狀道謝，不能萬一。不次。庭堅叩頭上祥侍者。（《山谷簡尺》卷上）

21 與子懷殿直簡

庭堅頓首。昨日辱置酒，甚勤重。旦來伏想起居輕安。欲買故紙四斤，恐貴局可有之，幸爲垂意，速得爲佳。庭堅頓首子懷市易殿直執事。（《山谷簡尺》卷上）

22 又

庭堅頓首。前遣僦夫迴，奉書當已通徹。秋暑未艾，即日王事不至勞動，體力佳否？小兒輩寓居太平，想時時煩長者護視。公衮、彦明、靖國諸賢當數有清集，令兄時到郡下否？奉煩指揮買葛六匹，不必極細，但要一色耳。家中遣人來時，爲作一蔀遣送也。秋熱，揮汗作狀草草。千萬勤學珍重。七月二十二日，庭堅頓首子懷監使殿直。（《山谷簡尺》卷上）

23 又

庭堅頓首。暑潤，體力佳否？王事不至勤勞耶？前承送紙軸，今日偶寫得，遣上。庭

堅頓首子懷殿直執事。（《山谷簡尺》卷上）

24 答子懷殿直簡

庭堅頓首。昨日辱垂顧，甚惠。奉手誨，喜承旦來起居輕安爲慰。《蘭亭》暫借留，當題數字乃奉歸。庭堅頓首子懷市易殿直防閤。（《山谷簡尺》卷下）

25 又

庭堅頓首。蚤辱寵顧，荷意勤厚，重承惠問，并貺八酒四醋，何勤如之。旦夕得面，草草上記道謝，不能萬一。庭堅頓首監使殿直。（《山谷簡尺》卷下）

26 又

庭堅伏奉手誨，喜承日用勝常。晚食太平之約，敢不敬諾。庭堅頓首子懷殿直執事。（《山谷簡尺》卷下）

27 與志公院宰簡

庭堅頓首。昨日偷工夫到彼浴，不果參尋。經宿安勝？漆器一百五十事，已令洗滌，

無損動，今遣納上。庭堅頓首志公院宰，十月六日。（《山谷簡尺》卷上）

28 與仲弼排岸簡

庭堅頓首。風慘，令人不能佳，不審起居何如？細事數煩高明，甚愧。此品茶餘一斤半，告指揮磨卻，令自送來，與之酒，願戒令少下細磨也。庭堅頓首仲弼排岸長官閤下。（《山谷簡尺》卷上）

29 與茂衡通判簡

庭堅頓首。經宿，伏想侍奉太夫人膳飲勝常，令弟子舍皆無恙。今旦斡行李未辦事，未得參詣。二語録各往一通，維心華發明者可以入此書爾。今日風色，未得行否？庭堅頓首茂衡通判宣義。

「得之不得天魔得，玄之又玄外道玄。拋卻耶娘初草裏，認他黄葉作金錢。萬仞峰前快撒手，更休以後復之前。」此書如鳥驚霜弓，地避人跡。（《山谷簡尺》卷上）

30 與王補之安撫簡

庭堅再拜。今春黔中乃見積雪，天氣亦大寒，不審貴部氣候何如？去年黔中荔子差

勝前年，但不可作腊。聞瀘、戎茘子白曬乃佳，是否？開元中入貢，蓋用瀘、戎也。庭堅再拜。（《山谷簡尺》卷上）

31 又

庭堅再拜啓：昨鄭殿直迴，附狀，并以雙井分上，不審已徹戲下否？今歲黔中霜雪早寒，以至窮臘，少復晴日，不識貴部氣候何如？伏惟投壺雅歌，夷夏安帖，樽俎之間，多得佳士，宴飲之餘，頗復閲今古以爲樂。亦聞鬢鬢不白，飲食類少壯，此耆艾之福也。庭堅頃者毁瘠墓次，已成斑白。竄逐以來，與憂俱生，不復耐寒暑，粗可倚者老饕耳。扈縣想數得安問。秘校般挈歸，未在旁，子舍學問當有日新之功。無緣瞻望，歲窮春作，懷仰何日不勤。伏祈爲國自重，以須陞擢。十二月二十二日，庭堅再拜上補之安撫團練老兄閣下。（《山谷簡尺》卷上）

32 又

庭堅再拜。不敢數通書，恐謫籍之塵或玷汙清望，伏想深察也。劉公敏殿直昨蒙别紙，有顧眄之意，幸甚。此人幹辦明了，他日見之可悉。其存心甚美，俸錢盡割在荆州奉繼母，守淡薄而勤官，殊不易得。比漕臺欲薦監渝州税，渠以非所欲，未敢供願狀。竊聞貴部新五寨皆是舉差，願得一蒙驅策，不審可收置門下否。渠涪州來夏當滿，而渝州闕乃是來年二月，故急迫干叩耳。此人既是公家所須人，兄弟與之好，故敢率易如此。庭堅再拜。

蕃弓袋因人迴，更丐一枚，欲作琴弢耳。悤煩不一，悚仄悚仄！庭堅再拜。（《山谷簡尺》卷上）

33 又

庭堅頓首〔一〕。損俸餘出於至意，不敢有所擇；然公長者，賙給中外，用處博矣，復以見及，衹增愧耳〔二〕。子舍諸郎皆有英氣，他日老夫或有託焉，恨不款曲相語也。小子相駭未有知，不敢令參侍，乃蒙齒記，感愧感愧！庭堅再拜。（《山谷簡尺》卷七。又見《寶真齋法書贊》卷一四。）

〔一〕頓首：《寶真齋法書贊》作「再拜」。

〔二〕耳：原作「且」，據《寶真齋法書贊》改。

34 又

庭堅再拜。比想氣體益康彊，尚能劇飲否？願勤衛生之經，以須不次之用。庭堅再拜。（《山谷簡尺》卷上。又見《寶真齋法書贊》卷一四。）

35 又

庭堅頓首。扈縣想常得安問，子飛兄弟講學當有日新之功。舍弟云，十月初一日〔一〕，王庭秀才船泝流西來，殊不得近音，若至治部，幸爲趣其行李也。庭堅再拜。（《山谷簡尺》卷上。又見《寶真齋法書贊》卷一四。）

〔一〕日：原無，據《寶真齋法書贊》補。

36 又

餘甘乃有一種大者如李，其質味甘脆，與常見者絶不相同〔一〕，恨今歲亦歇枝〔二〕，所得絶少。或云深蠻中有之〔三〕，冬至後乃來。常恨餘甘入口，苦澀難堪，久之乃得味，遠不及橄欖。若此一種者，乃勝橄欖矣。《西域傳》云：餘甘二種，大者生青熟黄，小者終始青色，蓋信然矣。庭堅頓首。（《山谷簡尺》卷上。又見《寶真齋法書贊》卷一四。）

〔一〕不相同：《寶真齋法書贊》作「不類」。

〔二〕恨今歲亦歇枝：原作「但今歲亦歎」，據《寶真齋法書贊》改。

〔三〕鑾：原作「戀」，據《寶真齋法書贊》改。

37 與德夫運使簡

庭堅再拜。不獲承教，惟深向往。即日暑氣煩鬱，不審尊候何如？伏惟高明所照，瑕瑜不能相揜，吏稱其職，民安其業，寢食之味，有神相之。庭堅區區，行役方次湖口，挹西江之水，懷思何日不懃。到鄂州，掃除以須大旆承詔東歸耳。庭堅有俸餘五百千在夷陵，託一親友戎、瀘間辦一事〔一〕，其委細具器之書中，願即得開可之指達夷陵耳。瑣瑣溷高聽，悚惕悚惕！盛暑，或衝冒按部，願珍嗇以自壽。庭堅再拜德夫運使祠部閤下。（《山谷簡尺》卷上）

〔一〕戎：原作「戈」，據文意改。

38 與晦之使君簡

庭堅再拜啓：去歲以史事待罪陳留，乃聞先公朝議棄養，公委興化歸在喪次，方報應史事，不能即奉疏。南還及此，承已祥練。日月川流，追慕無冀，伏惟几筵之奉，痛割如新，奈何奈何！庭堅去國累年，素冠未幾，毁瘠餘生，殆無人理。又得罪遠竄，顛倒病瘁，不勝衣冠，無緣一詣服舍。謹奉疏承動静，筆墨不能萬一。庭堅再拜上晦之使君大夫大孝。（《山谷簡尺》卷上）

39 與簡夫宫教簡

庭堅頓首。待罪陳留，數得與君子游，荷恩意千萬，甚忘逆旅。行日欲作記奉别，賓客晨夜相及，遂不果，然念念不忘也。即日春寒，不審孝履何如？伏惟几筵之奉以時，諸令弟服次安穩。相望遂數千里，臨書但有悵仰，千萬珍重。謹勒手狀。正月二十日，庭堅再拜上簡夫宫教朝散大孝。（《山谷簡尺》卷上）

40 與履中巡檢簡

庭堅頓首。自發瀘州後，絶不聞僰道諸故人音問，惟痛惜黄斌老不壽耳。即日春寒，不審起居何如？閤中萬福，令嗣長茂，南玉想朝夕相從殊樂。頃聞劉廣之除秦鳳路都監，而不聞除戎守，豈尚未去耶？倅車不知爲誰，能垂顧盼否？上幕時來安詔從容否？爲道千萬意。病餘多倦，未能作書也。雙井一角，漫將遠意，輕觸，愧悚愧悚！方阻言回，臨風懷想，千萬珍重。謹勒手狀。正月二十六日，庭堅頓首履中巡檢侍禁執事。（《山谷簡尺》卷上）

41 又

庭堅頓首。天氣驟冷，不審起居何如？伏想日用清健。卻欲煩日送安樂泉一擔，可否，垂諭。庭堅頓首履中都巡侍禁執事。（《山谷簡尺》卷上）

42 與公立少府簡

庭堅頓首。經過極煩主人之禮，行日又屈營從渡江到沙次，甚荷勤綣。六月半及戎州，人事衮衮，忽兩月餘，不果修敬。想即日王事不至勞動，起居輕安，骨肉皆勝裕。前承時時小不康，體熱自汗，今已平矣，竟會鍊成金液丹耶？有餘幸分三二兩。然不可恃藥力，極要將攝，乃得復初耳。未緣會集，千萬勤官慎事，以俟亨衢。八月十九日，庭堅頓首公立少府殿直故人。（《山谷簡尺》卷上）

43 與相如少府簡

庭堅頓首。蚤辱寵顧，甚惠。晚來日用輕安否？更欲造一小竹簾，具長闊之度奉呈。作成，并欲截青布緣之，不知十四日晚可得否？庭堅頓首相如少府殿直執事。（《山谷簡尺》卷上）

44 又

錢一緡納上，支前所買雜物及燒浴柴炭，幸指揮給付。庭堅頓首相如少府殿直。（《山谷簡尺》卷上）

45 與天將簡

庭堅頓首。陰雨不解，不審孝履何如？尚有細事慁煩：有黑漆板牀四六者，欲借一張，書室中用。若無，白木者亦可耳。恃來辱勤勤，故敢如此。庭堅頓首天將足下。（《山谷簡尺》卷上）

46 又

漆板牀乃煩營求，悚仄悚仄！所謂黑漆金漆，恐適有之耳。書堂中已設涼牀，恐夜中風雨冷甚，欲就壁間更設一暖牀耳。萬一皆無，只得一張好牀，大概以四六爲準，或四尺二三闊、六尺四五長亦可用也。庭堅頓首天將足下。（《山谷簡尺》卷上）

47 與程君簡

有親情來，託買荔支還，可爲置得否？渠將交子兩道來，或恐交子難買，即換鹽二十斤去，如何？庭堅頓首程君足下。（《山谷簡尺》卷上）

宋黄文節公全集·補遺卷第三

書簡

1 與鴻范七舅簡

庭堅頓首再拜。前日過蒙主禮，敬佩懃懇之意。天氣暄暖，喜承起居萬福。色牋有雜色而無紅牋，王子飛云有之，候子飛送到，即同遣上。字軸付來人，數日間事空，當參詣。庭堅再拜上鴻范七舅提舉通直。（《山谷簡尺》卷上）

2 又

庭堅再拜。前日得瞻見，甚慰傾仰。雪寒，不審起居何如？所苦想更平，唯多燒竹瀝湯酒中，時時進之，飲冷與渴當頓減，此中府不畜熱之驗也。五香湯、來甦丹今遣上。雖向平，可更進，滌蕩餘熱，令株蔓皆盡爲佳。昨日爲賓客自辰至酉，遂忘遣。庭堅再拜鴻

范提舉通直七舅閤下。（《山谷簡尺》卷上）

3 又

庭堅蒙顧衈勤重，感服不可言。真珍飯并汁滓相將，珍饌也，即與三二佳客同享之。庭堅已約開食禁，盡七月得肉來，氣體便豪壯，能大嚼矣。大郎更好顧視之。帥座請雨，至誠上達，公私欣欣。庭堅再拜鴻范七舅提舉通直。暴脯味亦佳，但愧數爲左右費耳。（《山谷簡尺》卷上）

4 答鴻范七舅簡

庭堅拜手頓首。奉手誨，喜承暴下已平。大郎灼艾，甚善。若得稍凉，舊瘡已著痂，即用崔知悌法灸四花穴，極得力也。羊肩珍貺，但數爲左右費，甚不皇耳。五香連翹湯方檢呈，此一册全是癰疽論，可熟讀之。餘杭方書舊無，今日方發得。元明處人已憊，甚劇，草草。庭堅再拜鴻范七舅提舉通直左右。（《山谷簡尺》卷下）

5 又

庭堅再拜。伏奉手誨，承苦暴下。秋暑蒸鬱，宜好將節也。大郎不能得快安樂，亦是疾潛處深，今與根本同病耳。若扶持得深秋涼冷，亦易爲藥力也。劉夫人銘義意簡，真佳作也。肉糕湯、鷄鞭筍併蒙珍惠，感激。庭堅再拜鴻范七舅提舉通直。（《山谷簡尺》卷下）

6 與君澤知録簡

庭堅頓首。天氣晴暖，伏想日用輕安。聖俞詩前承借示，輒爲屋漏所敗，因令裝背，小勝，今納上。庭堅頓首君澤知録宣德。（《山谷簡尺》卷上）

7 又

今日極温，不審起居健否？水栢板二、花梨手几一、柱斧子并烏妧木柄同納上，希檢至。庭堅頓首君澤知録宣德。（《山谷簡尺》卷上）

8 又

庭堅頓首。承又爲上司所差委，當至巴陵，衝冒風冷，良不易，日聽歸音耳。仲璋筆評漫遺上，亦安能與之爲重耶！渠此筆，善書者當無不喜之。明略詩已領。紬荷慨擲，直如數付來使。逼晚有客，客退乃作簡，殊草草也。庭堅頓首君澤知録宣德。（《山谷簡尺》卷上）

9 與少府秘校簡

庭堅謹上謁候少府秘校名家起居，三月初五日手狀。治積冷在胃，嘔逆不下食，以至水亦不可，諸醫束手者，宜服半夏大圓：半夏一兩，湯洗七遍，切焙爲細末；小麥麪一兩。二物同灑水溲和圓，如小彈子。以水煮，令極熟，温熟水吞下，不計數，旋煮旋服。胃中得藥力，漸當受藥餌矣。忌羊肉及餳。今日方乞得齊州半夏，并方納上，可便作與之。王德全有米，欲入中，但以雨意未定，不敢般入倉，不知軒蓋幾時可入之？欲般去，幸少留意方便利益也。庭堅頓首。（《山谷簡尺》卷上）

10 與嗣直少府簡

昨日孫彭年秀才去，附書及茸氈籠，當先此到。霜寒，比來何如？出入不至懃苦否？千萬將愛。初一日，庭堅拜嗣直少府。（《山谷簡尺》卷上）

11 與仲牖通判簡

庭堅頓首。兩日起居勝健否？治行何如？今日二長季及兒婦以老夫本命到寺中轉經藏，因令參見縣君。治行方冗，不須爲具也。聞須花布作倚背座子，何以相外不示諭？今送王井欄四匹，或未足用，更垂示。庭堅頓首仲牖通判通直二十一弟。（《山谷簡尺》卷上）

12 與未慗簡

庭堅頓首。兩日不聞音問，想撥遣叢脞殊可厭。君玉有來音，謂仲安必已還矣。磁石若有擊破合藥者，乞一兩；或無，不固求也。庭堅再拜未慗足下。酒味極醇正，但微辣，恐澄淅芒頭大耳。（《山谷簡尺》卷上）

13 與君玉宮藥簡

庭堅頓首。承遠别三江口，恩意不倦。又承飛舸追送於江安，感戢無以爲喻。即日想體力輕健，貴聚皆安勝。今年必得暇到榮、資、富順梱載而歸矣。所須文字一軸、題傳神二軸，今付宣叔人回。百冗未能委細作書，千萬善愛。未慗同此意。庭堅頓首君玉宮藥仁知。（《山谷簡尺》卷上）

14 與子温知縣簡

庭堅頓首。盛暑不可出，但引領齋閣耳，不審亦得清涼之地度此午暑耶？欲得兩鋸

匠，到此解一段木，不過一日工耳，便得，幸甚。庭堅頓首子温明府宣德。（《山谷簡尺》卷上）

15 又

庭堅頓首。天氣驟寒，不審起居佳否？今日欲悉遣太平吏兵，公白直可借一名於此驅使否？此隨行但有兩莊客耳，恐驟無人，小盜或窺覦。少定疊，雖兩使，今亦足耳。庭堅頓首子温知縣節推仁友。（《山谷簡尺》卷上）

16 又

庭堅頓首。數日不得瞻望，懷仰實勤。晴寒，起居佳否？買竹絶不聞消息，何也？借器用略已足，但少椅子，更借得四隻否？欲煩指揮勾一木匠來作一籬門，但爲五條籬柱，早得之，幸甚。庭堅頓首子温明府仁友。（《山谷簡尺》卷上）

17 又

庭堅頓首。累日困於尊俎，不能參候，但有馳情。秋冷，起居佳否？黄龍葺一書室，粗明潔可居，但闕器用。云邑中祇候季按借偏飣十條去，何故作許大次第？不審幾日季

點還，可輟四隻或兩隻否？謹勒手狀。庭堅頓首子温明府仁友。（《山谷簡尺》卷上）

18 答子温知縣簡

庭堅辱教答，喜承晴暖，起居輕安。木匠及籬柱已到資福，倚子復選擇跛倚不堪事者來，輒擅指揮幹者易之矣。籬柱更爲買上條差大竹五竿，都令來此支與錢也。又玄散方拜録上。庭堅頓首江夏明府子温閣下。（《山谷簡尺》卷下）

19 又

庭堅頓首。前日過勤主禮，甚有煩費爲愧。奉手誨，喜承旦來起居輕安。惠紫尊、金山豉、醬瓜，皆佳物，感刻感刻！手寒研凍，道謝不能十一。庭堅頓首子温明府宣德閣下。承須小茗帚，今納二枚。庭堅再拜。（《山谷簡尺》卷下）

20 與静甫太醫簡

庭堅頓首。頃僧崇廣去，嘗奉書。既而聞廣不留全，徑過零陵，不知此書得通几下否？比來不審游居者誰？維摩閣想更崇飾，撥醅醽愈得妙否？祖師塔院當有日新之功。

山川形勢極爲佳處，諸賢不可不留意也。庭堅今年來幸健，但未存一酌撥醅之期耳。因來，時惠數字，亦慰窮獨。秋暑方熾，千萬珍重。七月初四日，庭堅頓首靜甫太醫。（《山谷簡尺》卷上）

21 又

庭堅頓首。蚤來又辱寵顧，良佩勤篤。惠米麵珍蔬，愧以有待，仰累顧衈。對客道謝，草率。

庭堅頓首靜甫太醫。（《山谷簡尺》卷上）

22 答靜甫太醫簡

庭堅頓首。前賢郎至宜，辱書勤懇，佩荷不忘之意。春寒，即日體中何如？撥醅新成，白鵝黄鷄，隨分飣餖，想自有以樂之。家兄前過全，宿著師菴中，不知曲折，失於奉尋。命回，必同唐次公奉謁也。朱道人對門，想今已講和，不復口戰矣。賢郎行日，承訪及，適以家兄亦治行匆匆，不果少從容，又不果往别，甚不滿懷也。廣師要往全州幹其院門事，度彼亦難得道地耳。未卜會面，千萬珍重。二月二十一日，庭堅頓首上靜甫太醫達士。

（《山谷簡尺》卷下）

23 與忠玉金部簡

庭堅再拜。經宿，不審何如？伏想不爽調護。昨日雖到田君家，以不肖輟行，遂罷會，堅欲今日爲之，不免黽没應之耳。腳婆已支雇直，附子尚未來取價，幸頣旨問之。庭堅再拜忠玉十三兄金部閣下。

之美易夔，稍遷否？除代未？豈子開入蘭臺耶？（《山谷簡尺》卷上）

24 又

庭堅再拜。庭堅已治舟，且般挈賤累至海昏，方趨節下請教。以盛暑，骨肉不肯久跧局小舟中，已從獻父借一舟。或恐鈐轄司自治行舟，不能盡應副，貴司更那得一舟，幸甚。自炭步至海昏不過三日，若得早至，舉家受賜。輒恃深情，故令投告也。庭堅再拜。（《山谷簡尺》卷上）

25 又

庭堅再拜。陰雨，不審尊候何如？今日以祖母遠忌，來承天飯僧。飯罷，往賀德循迴，當一參候。細事輒煩左右：買附子三兩，若得四枚，以黄龍清禪師小中急，來求藥，旦夕欲遣人迴，故敢惱亂道友耳。庭堅再拜忠玉十三兄金部閣下。（《山谷簡尺》卷上）

26 又

庭堅再拜。午刻，伏想尊候萬福。附子不審已得之否，來日黎明欲遣黄龍人也。腳婆已就否？數夜腳冷，甚念之耳。欲便打一錫盂，如可，即送銀盂去作樣也。庭堅再拜忠玉十三兄金部閣下。（《山谷簡尺》卷上）

27 又

庭堅再拜。累日不奉談席，實深懷仰。天氣小佳，伏想起居萬福。張文潛一詩漫録上，不審見之否？安常昨日將出復還，無甚苦否？庭堅再拜忠玉十三兄金部閣下。（《山谷簡尺》卷上）

28 又

庭堅再拜。雪寒，欲不可過，喜承起居萬福。宿昔大風簸船，鼻鼾如雷，略無勝負。

今夕萬乘齋宿，想乾坤繞漢宫，無此風雪。老豕自是果熟，似别無意。火前但願安樂，寒暑自依節令。一噱。庭堅再拜忠玉十三兄金部閣下。

來日不可入城，請書只是儀注耶？（《山谷簡尺》卷上）

29 又

庭堅再拜。蚤蒙公厨饋節酒，久爲滯客，數費供億，甚悚惶也。晚來尤風慘，不審起居何如？偶得麞肉差鮮，漫獻一筋，罪不輕瀆。庭堅再拜忠玉十三兄金部閣下。（《山谷簡尺》卷上）

30 又

庭堅再拜。陰風冷落，喜承寢膳安宜。遣書對客，雖三餘之日，亦罕得暇，或閉關整容而卧耳。草書止是率意亂寫，豈有精妙之理。兩日來又思頻浴身安之法，當一入城，即上謁。方困欲眠，上啓不如禮。庭堅再拜忠玉十三兄金部閣下。

孫材父計不久即到此，得近問否？渠即入作郎官，想不待德循到也。（《山谷簡尺》卷上）

31 答中玉金部簡

庭堅再拜。伏奉手誨，喜承晚來起居萬福。伏事出嫁，阿婆亦心煩否？附子極荷垂意。腳婆聞已了，何緣不納？孟子樣須歸舟中乃封納。諸物直，一一煩指揮録示，乃敢時以鄙事溷高明也。庭堅再拜中玉十三兄金部閣下。（《山谷簡尺》卷下）

32 又

庭堅再拜。今夕南風撼船，計達旦不静也。方欲眠，奉手教，喜承勞攘中尊候輕安。早飯謹如約。興上座本亦同入城，當乞飯承天耳。庭堅再拜，中玉十三兄金部閣下。（《山谷簡尺》卷下）

33 又

庭堅再拜。伏奉手誨，喜承起居萬福。天氣洊洊，殊無聊賴，不審道齋何如？所送劉季像，寫得即送。庭堅再拜中玉十三兄金部閣下。（《山谷簡尺》卷下）

34 又

庭堅再拜。昨日幸瞻謁，得聞餘論，良慰懷仰。浴罷，蒙賜教，并委貺朋酒，敬佩不倦之意。印香法鈔上公庫，雖貧，僅可合也。庭堅再拜，中玉十三兄金部閣下。（《山谷簡尺》卷下）

35 又

庭堅再拜。伏奉手誨，喜承旦來起居萬福。染紬即令此吏送去，遣制使已預料之矣。《漢祖畫贊》乘晴日寫得，今納上。頃聞黔陽縣闕，李公立舉一姓彭人不應格，不知此闕在否？公安駝裘，自遣人往買之，可乎？庭堅再拜中玉十三兄金部閣下。（《山谷簡尺》卷下）

36 又

庭堅再拜。荐辱誨問，感刻感刻！染色請黄土錢三文。安常得罷當自慶，但不知得何許爾。高詩有數篇當録上。監司又如此騰倒，何也？直敪遣上。庭堅再拜中玉十三兄金部閣下。

吕德船極可人意，安得窗牖明快，雖圜室亦合宜也。（《山谷簡尺》卷下）

37　又

庭堅再拜。伏奉手教，喜承旦來起居萬福。太平公文一二日間持上。何子温舊與好，豈代安常耶？承欲有素麵相訪，來日騰船未了，未得入城也。據案作草，少助筆力耳。一噱。庭堅再拜中玉十三兄金部閣下。（《山谷簡尺》卷下）

38　又

庭堅再拜。蒙手誨，審晚來起居輕安爲慰。安常未聞新命，而懸懸恐真得郡耶？一噱。高君云舊過陝郊，自嘗參識。昨日入城去，或不過坐廳耶？承賢郎且至，伏想歡慶。庭堅再拜知府金部中玉十三兄閣下。

高君詩先送舊作一篇。（《山谷簡尺》卷下）

39　與味道通判簡

庭堅頓首再拜味道通判朝奉閣下：奉別八年於兹，不通書亦五年矣，惟是懷仰之心，無日不勤。比蒙恩罷太平，還吏部，不謂便道乃得參展，何慰如之！秋候小冷，不審起居何如？即款賓次，謹勒手狀。庭堅再拜上味道通判朝奉閣下。（《山谷簡尺》卷上）

40 又

庭堅頓首。自家弟知命棄去，每遇舊游故人，未嘗不泫然也，想公亦不忘憐之。不肖罷歸，猶恐有命左遷，不審近報云何，示諭。舟人云，貴部非泊舟安穩之地，恐不得久留承教耳。庭堅再拜。（《山谷簡尺》卷上）

41 又

庭堅頓首再拜。雨氣清潤，伏想起居輕安。兩日不審復有邸報否？所須州榜雖寫得，恐方此時，未宜張之，動人睥睨，則且用峽州例藏公家可也。庭堅再拜味道通判奉議閣下，八月晦。（《山谷簡尺》卷上）

42 答味道明府簡

庭堅拜手啓：宋宣德、崔主簿來，兩辱賜書，恩意勤重，感服無以爲喻。聞邑廷清浄，宴處自得，良慰懷仰。承當以七月解印，代者已至秭歸，遂有音問縣絶之期，良耿耿。瀕江諸郡有可權入者，能屈就耶？若爾，尚得聲氣相依耳。庭堅治生既略可過，杖藜草履，林下與老農漁父游矣。元明數得書，坐不避事之故，身兼數器，殊盡瘁也。知命三月初即挾雌將雛過涪陵視嗣直，亦以弟婦臨辱，若多出山中，恐失調護故耳。然閏月末，蘄婦得男兒不育，産母死中得生，至今未知得安全否。小子相稍讀書成倫序，但義理之性不發，亦且聽之。無緣參對，憑書增情，謹附承動静。三月二十五日，庭堅再拜味道明府仁友。

（《山谷簡尺》卷下）

宋黄文節公全集·補遺卷第四

書簡

1 與駐泊侍禁簡

庭堅頓首。晚刻，伏想體力輕安。治行良不易，適見兵馬司已并節級差二十一人，度後日遂可成行。流寓於此，家屬未能般挈來，略不能展主禮，甚愧。法酒、杏仁各一斗，漫沃從者。輕瀆，悚仄悚仄！庭堅頓首上駐泊侍禁執事。（《山谷簡尺》卷上）

2 又

庭堅頓首。盛暑，久不得奉謁，朝來起居何如？雙井一器漫分上，不訝輕瀆。庭堅頓首駐泊侍禁執事。（《山谷簡尺》卷上）

3 答駐泊侍禁簡

庭堅頓首。累日得同宴席，甚慰。辱手誨，喜審經宿體候輕安。損惠西氈、藥材、麥醬，皆佳物，感戢無量，但愧未有以爲報耳。旦夕奉謁，匆匆奉狀，不宣。庭堅頓首上駐泊侍禁執事。（《山谷簡尺》卷下）

4 與使君大夫簡

庭堅頓首再拜使君大夫閣下：庭堅領太平事，八日奉朝旨罷歸吏部，當復選荆州稍謀生事，道出貴部。奉别才百許日，乃得瞻望，實慰馳情。秋候小冷，伏惟尊候萬福。比晚詣賓次，謹勒手狀。庭堅再拜上使君大夫公閣下。（《山谷簡尺》卷上）

5 與之美運使簡

庭堅再拜。自大旆移按巴東，身亦奔走道塗，久之乃至太平莅事，九日復送吏部，至今漂没未得所也，以是不能修敬左右。伏惟使節之在淮南，未幾也來撫江西。盛暑，亦勤於道塗否？未緣參承，臨書懷仰，伏祈爲國自重。七月初一日，庭堅再拜上之美運使大夫

閣下。（《山谷簡尺》卷上）

6 與幾道通判簡

庭堅再拜。夏氣煩燠，不審尊候何如？伏惟太夫人寢膳安宜，貴眷皆萬福。前因萍鄉人上狀，當已通徹左右。庭堅區區，幸已達九江舟，六賤累皆無恙。方阻瞻承，懷仰無已。謹勒手狀。庭堅再拜上幾道通判朝請兄閣下。（《山谷簡尺》卷上）

7 答幾道通判簡

庭堅再拜。伏奉手誨，審尊候安健，太夫人萬福，良慰馳情。惠貺厨醞，敬佩嘉德。庭堅來日可到城，即詣賓次，謹勒手狀。庭堅再拜上幾道通判朝請兄閣下，十七日狀。（《山谷簡尺》卷下）

8 與伯達知府簡

庭堅拜手啓：經宿，不審尊候何如？利血止否？若用四物湯加阿膠，無不止，兼能除上盛引飲等。都飲想不覺倦，亦喜天不雨也。小漕若果是陳侯茂宗，極知底裹也，朝中亦熟相語耳。輟慧中之簾，甚愧。孫子曰：「將欲奪之，必固與之。」此倒用司農印耳。適得四哥書，喜渠安於職事，想郡君必少加晌也。庭堅再拜上伯達知府太博閣下。（《山谷簡尺》卷上）

9　與天錫推官簡

庭堅頓首。昨晚甚涼，花兒在亭中不太冷否？病者想漸蘇醒能食矣。家園炊餅漫佳，不知堪否。庭堅頓首天錫推官仁弟。（《山谷簡尺》卷上）

10　與李郎處仁簡

庭堅啓：多日不聞音問，懷想則勤。苦雨連日，山中頗亦厭患之否？前兵士還，留書信於此，欲候便乃遣。既不逢便，因循遂留多日。即日想調護家事不至勞勤，游泳經史，同令姪有日新之功。諸嫂位皆安勝。未卜會集，千萬勤學自重。五月十八日，庭堅頓首李郎處仁足下。（《山谷簡尺》卷上）

11　與韋深道簡

庭堅頓首。天氣欲作大雨，蒸鬱未解，不審侍奉佳否？昨日承手畢，并送蜂腊十斤，珍惠也，感刻感刻！正叔書軸漫題數字，偶作一卷草字，并送，殊勝公家所收也。三石刻，恐公篋中未有也。庭堅頓首韋君賢俊足下。（《山谷簡尺》卷上）

12 又

庭堅頓首。旦來想侍奉吉慶。扇亂書數字去。賜茶及雙井，漫分上，不罪輕觸。庭堅頓首韋君賢俊足下。（《山谷簡尺》卷上）

13 又

庭堅謹奉謁候韋君賢俊起居，閏六月日，前權知太平州事黄庭堅狀。

偶嘗荔子，雖未全甘，已可喜，漫送一籃，他日極熟，當再致也。錫合不知中度否？寄惠二十二年前白沙所作，對之惘然，各已老大，非復當時氣味矣。欲寫三二新樂府去，適傷冷物倦甚，後未能耳。時父不能來受之樂府，雖治生巧於公濟，不如公濟之好學也。近又得數篇，亦前三篇之流，稍安快，當録去，恨此陋邦，無人能寫譜耳。庭堅頓首。（《山谷簡尺》卷上）

14　答韋深道簡

庭堅頓首。久爾滯留舊邦，夙夜不自熹，忽得順風，遂解舟，實以快意，不能奉別，但馳情耳。辱手誨，喜承侍奉吉慶。惠羊麵，過荷勤意。乍遠，千萬珍重。謹勒手狀。庭堅頓首深道韋君賢俊足下。（《山谷簡尺》卷下）

15　又

庭堅頓首。辱手誨，并惠績溪八百，極副所乏，感刻感刻！當以官茶及雙井奉報也。庭堅頓首韋君賢俊足下。（《山谷簡尺》卷下）

16　與範公簡

庭堅頓首。缺然不聞音問，每懷琢磨之益，臨風惘然。忽得來教，歡喜無量。鄙語刻鏤虚空，安能有益？過蒙潙山老人贊歎，衹增愧爾。寄惠湯家石刻，多所未見，即與嗣文諸弟同玩之。元明及大齋臘前已入京矣。雙井諸事如故。黄龍、雲巖皆成叢林，清公在黄龍西堂參徒，殊得所依也。南公真贊已與人，今別寫去，木平贊小字同往。承向日苦寒熱，今必已輕安。更希擺脱俗事，静處資養，聖胎身健，則道行也。臘下略至洪州，往來亦費一月。欲一到黄龍，亦以泥雪，又人事紛紛，未能耳。何時復能由此來，欽想欽想。《七佛偈》及《祜老語録序》漫往，恐彼方人或未見爾。正月十五日，庭堅頓首上範公道友几下。（《山谷簡尺》卷上）

17 與德之酒正簡

庭堅頓首。每欲奉謁，承幹局常侵蚤暮，屢屈車馬，甚愧仄也。霜寒，伏想體力輕安。二軸偶書得，鄙拙，聊戲筆墨，不足傳也。自局中夜止過此，共山蘋湯。欲得少白蜜，不知此間可買否？庭堅頓首德之酒正司法執事。（《山谷簡尺》卷上）

18 答德之酒正簡

庭堅頓首。昨日辱手誨，承以衝冒，少須湯藥，喜已清快。城外開僻，都不知聞，失遣問訊也。紙沓極荷垂意。數日賓客，亦未暇窺經函也。霜寒，伏想體力輕安。謹勒手狀。庭堅頓首德之酒正司法執事。（《山谷簡尺》卷下）

19 答資福長老滋公簡

庭堅頓首。前日辱寵顧，甚惠。奉手誨，喜承起居勝健。惠伊蒲之饌，感刻感刻！庭堅頓首資福長老滋公方丈。（《山谷簡尺》卷下）

20 答升之主簿簡

庭堅頓首。多日欲作書，因循未辦。辱賜書，審比來體力輕安爲慰。衝涉遠道，乍得休息，頗復能近文字否？見興文，極相稱贊，甚以爲慰。莊客輩計各已遣行矣。韓巡檢、趙駐泊，相見爲致意。山中寒燠不節，更希慎愛。四月二十八日，庭堅頓首升之主簿几前。（《山谷簡尺》卷下）

21 又

庭堅頓首。別來忽再改月，懷思何日不勤。辱書，審比來動静爲慰。縣中涔家得興文到，想少慰意。興文極道存心從政之美，惟既勉之。寄蜜極副所闕，感刻感刻！見興文，言須棗，買不得，今送百枚。蔀子梤然，故漫實以栐腊，想亦邑中所無耳。巫山書，任家昨日方送來，計巫山甚訝此書不至，蓋此後已再發書矣。盛暑，千萬將愛。五月十三日，庭堅頓首升之主簿仁親。（《山谷簡尺》卷下）

22 答毅夫簡

毅夫：前辱書勤懇，審主人相待之意不倦，甚慰懷想。諸榜尋即寫了，未得船便寄去耳。季成既未能到城，且盤桓山間亦佳。計春蔬茂美，亦宜飯也。諸人數往來宣叔、寬夫家及海棠院，甚奉思同之耳。欲作一大鑪鏊，不知彼工匠不以爲難否？去年置得一副來，太小，遂爲無用之器，但鑪作牀前燒木鑪耳。試爲籌之。或人工不暇，亦不須也，到荆南自易得也。庭堅頓首。（《山谷簡尺》卷下）

23 答隆慶長老儼公簡

庭堅頓首。頃屢承惠書，寄惠《金師子章》十册、《法界觀》十九册，索粉石耳，前後皆至。多病健忘，竊意已作書奉謝，不謂乃未嘗得字至齋几。辱來示，愧不可言。即日天氣暄暖，伏惟道力輕安。承數年來住持安穩，都無魔事。經藏繚以華屋，甚善甚善。尚阻會面，千萬珍重。謹奉狀。二月二十七日，庭堅頓首上隆慶長老儼公几前。（《山谷簡尺》卷下）

24 答公言通直簡

庭堅叩頭。昏夜重屈車騎訪别，極荷勤懇。哀苦之餘，經此節物，意賴不堪，無以延竚君子，益增愧耳。今日定成行否？宿昔伏惟萬福。謹奉狀承動静。庭堅叩頭上公言通直執事。（《山谷簡尺》卷下）

25 答靖國司法簡

庭堅頓首。伏奉賜教，審王事不至勞瘁，侍奉大姨太君萬福，閤中勝裕，渭老兄弟不廢讀書爲慰。惠薑，是蘇州真本，又飽糟而味足，大爲嘉茹。此州出薑亦佳，但難得臘糟，故味薄耳。骨肉寓止，煩靖國多矣，未知所以爲報也。先公石刻實不敢忘，前書既具道所以，或恐以壯輿相去遠，文字不可猝得，則靖國略敘鄉里名諱及字、春秋若干及平生所經歷示下，即據此可作矣。公卷卧痾累日，今能出會集。未蒙兄到永，想得諸賢不落莫也。未卜瞻望，千萬爲親自重。九月二十五日，庭堅再拜靖國司法仁弟。（《山谷簡尺》卷下）

26 答任道通判簡

庭堅頓首。往歲公壽舍中屢接款曲，隨食南北，音問缺然。道出山中，承長者監郡於此，有參對之幸，何慰如之！霜寒，伏惟起居萬福。庭堅以單騎趨府界，仰此當直六兵以進塗，仰煩指揮選差强壯得力者，實受賜也。即當懷刺賓館，上狀草略。十月十二日，庭堅再拜任道通判通直閣下。（《山谷簡尺》卷下）

27 答法輪長老齊公簡

庭堅拜手。辱書勤懇，審還山，衝涉雖勤，道用安樂爲慰。寄惠日用物，重複種種，良佩不倦之意。二榜寫去，《岑碑》尾今晚或可辦，封留花光處，不爽約也。庭堅行日不過二十二日矣。驟熱，想不能復出山，千萬珍重。十九日，庭堅拜手法輪長老齊公几下。（《山谷簡尺》卷下）

28 又

《岑侍郎碑》若有文記可尋，改金輪法輪前後年月，略載碑尾亦佳；或難尋，便不須也。前日元實欲到貴院託宿，乃入衡州。既而問得路甚迂乃已，昨早已入州。前日對食少年乃是元實，然怪他不得，士大夫尚作此眼腦耳。一噱。庭堅頓首。

欲得一擔食合，如公見用者。聞是莊客自作者，或可輟，即垂惠。或妨日用，亦不固求也。并黑漆頂蓋油羅亦得一擔佳耳。（《山谷簡尺》卷下）

29 答允言使君簡

庭堅頓首。辱教，審侍奉吉慶爲慰。二書惟才翁小帖不僞，已題數字。畫十帙，略幡閲，聊寫數葉奉還。奉答草率。尊府煩道下懇。庭堅頓首允言使君。（《山谷簡尺》卷下）

30 答君正提舉簡

庭堅頓首。比多故，不得遣記。伏承手誨，審動止萬福爲慰。賜鳳解包，不破歲例，極荷勤懇，謹奉啓謝萬一。庭堅頓首上君正提舉防禦閣下。（《山谷簡尺》卷下）

31 答通判通直簡

庭堅再拜。伏審經宿尊候萬福爲慰。蒙賜教存問，仰荷眷卹不已。米麵實以道中齎來未闋，故未往聽於廩人耳。重煩遣至，愧悚愧悚！借差白直，謹承指諭。少頃請見，勒手狀不能宣究。庭堅再拜上通判通直閣下。（《山谷簡尺》卷下）

32 又

庭堅再拜啓：比自施州遣急足回，輒具公狀道譴逐行李之詳，并率易通簡記，言小人之私，當已通徹聽下。專人至，伏蒙賜書累紙。高明慈惠，忘流人之罪垢而卹其私，恩意千萬，甚慰孤危之情，感服無以爲喻。即日寒燠不節，不審尊候何如？伏惟監理豫暇，動静萬福。庭堅區區，行李已及鹽井，即獲參候，預深欣慰。庭堅再拜上通判通直閣下。（《山谷簡尺》卷下）

33 答敦禮祕校簡

庭堅承手誨，喜晚來輕安。研山聊以爲戲耳。同惜，知命幼子小字也，近方試晬，頗爲陳諸戲具，故及之，非實欲取也。小詩得暇亦爲之，或過承天浴，未可知，故不敢奉約。庭堅拜手敦禮秘校足下。（《山谷簡尺》卷下）

34 又

庭堅頓首。辱手誨，喜承夙興安勝。損馬牙二百，德興簟一筒，佳惠也。然德興簟雖極工，遠不如蘄簟之中者，以其質薄不離汗也。藤紙宜筆墨，但老人不堪作勞，又如此盛暑，可厭煩猥，秋涼或可下筆耳。庭堅頓首敦禮秘校足下。（《山谷簡尺》卷下）

35 又

庭堅頓首。辱教，荷勤懇。東坡書高秀如此，知前所收便可付厨人覆醬也。龜筒如此者佳，便恐太小，弢髮髼不盡。今送犀簪去，若得一差大於此者，用自頸一半截之，横作兩簪道，便可用。鄙事溷高明，悚惕悚惕！庭堅頓首敦禮祕校足下。（《山谷簡尺》卷下）

36 又

庭堅頓首。辱手誨，喜承日用輕安。久聞尊公敦厚高明，恨未相識，朝夕亦作書往也。龜筒冠荷垂意。少頃見府帥，即且還沙頭，别日或可約相見。庭堅頓首敦禮祕校足下。（《山谷簡尺》卷下）

37 又

庭堅頓首。昨日奉手誨，送神屋冠，已領。適爲舅氏李學士舉哀，終日疲卧，遂不能作答。晨起，賓客相及，又辱嗣音，感刻感刻！所送生瓢，大者佳而小者便用，甚荷垂意，但愧以不急煩人耳。揮汗捉筆，汗流霑衿。庭堅頓首敦禮祕校足下。（《山谷簡尺》卷下）

38 又

庭堅啓：承侍奉安輿，往返洛師，暄暖跋涉山川良勤。親老久須醫藥，比方佳眠食，外家之計至今未敢以實告。承存卹勤至，故及此。庭堅再拜。（《山谷簡尺》卷下）

39 又

庭堅頓首。辱手誨，喜承日用輕安。桂林研鑱刻尤工，蓋端研逼兩旁，難轉鏨子，所以不及此大字耳，然比之他人乃絶工也。松枝管已與張遇六十足矣。元長、元度書亦是一時之傑，但鄙性不甚悦之，若有所譏評，則二公方失勢，不若不評之，兩得也。盛暑，舟中差可度日，但少臨筆研便揮汗，奉報草率，悚仄悚仄！庭堅頓首敦禮祕校足下。（《山谷簡

尺》卷下）

40 又

庭堅頓首。辱手誨，敬承日用輕安爲慰。滯念滿懷，蓋是修行無力爾。桂漿佳惠，方欲眠，未暇嘗，睡起且嘗，并奉報節度。「止止軒」字，朝夕寫得便送。庭堅頓首敦禮祕校足下。

貫衆三塊已佳。一塊掘時斵傷者，恐失味，可易之也。（《山谷簡尺》卷下）

41 又

庭堅頓首。辱手誨，存問勤至，復損茶器四種，皆九江佳物也，感刻感刻！「止止軒」字及諸畫皆略題數句，不足傳遠，恐但涴畫耳。昨日聞公立新除，又見告，慰喜無量，計受命即行矣。公之歸澧，亦是佳事，綵衣奉親，兄弟同文字之樂，此人生最得意處也。又可多爲求蘭，得數十本乃足，平生所好耳。庭堅頓首敦禮祕校足下。（《山谷簡尺》卷下）

42 又

庭堅頓首。辱手誨，喜承體力輕安。惠獨體朱砂圓，都下一人家所作，小如未熟豌豆粒，朱色如鷄冠，故可貴耳。此圓已有軍健氣也。三軸文字得暇當寫。杜子美云：「十日畫一水，五日畫一石，能事不受相蹙迫，王宰始肯留真蹟。」收書畫亦欲精耳，貪多不擇，亦是一病。庭堅頓首敦禮祕校足下。（《山谷簡尺》卷下）

43 又

庭堅頓首。知命之幼子疾作於不虞，遂不可措手。拊存念亡，情不可言。辱簡問，豈勝感塞！未果奉答，又辱來教，感刻感刻！尊公所寄茶，面色似差勝中間所送，要須碾茶，乃辨功楛耳。文字萬一得暇，或可了，然盛暑如此，己之所欲，乃以望人，則善。庭堅頓首敦禮祕校足下。（《山谷簡尺》卷下）

44 又

庭堅頓首。辱手畢，喜承晨興安健。惠石鑪，不甚宜火。小竹合輒與一瑠璃鐘相當，謹已受賜，不於彼乏事否？藤紙軸恐數日間未得了也。庭堅頓首敦禮祕校足下。令親齋郎安裕。（《山谷簡尺》卷下）

45　又

庭堅頓首。兩日爲知命之子牛兒病痢，幾不濟。幸今日來小愈，以是不復能入城。辱手誨，喜承侍奉吉慶。惠松枝，以小者作管，大者作弢，可就七十筆也，感刻感刻！倦甚，奉答草率。庭堅頓首敦禮祕校足下。（《山谷簡尺》卷下）

46　又

庭堅頓首。失牛兒來，終日惘然，至今頭昏眼痛，雖取喜者爲之，亦不能如意也，以是不能修問。辱手誨，喜承日用輕安。所須諸方，既無人可抄，又意緒不佳，懶動耳。煮黑豆法：雄豆一升，挼莏極浄，用貫衆一斤，細剉如投子，同豆斟酌水多少，慢火煮豆香熟。日乾之，翻覆令展盡餘汁，簸取黑豆，去貫衆不用。空心日啗五七粒，食百草木枝葉，皆有味可飽也。世間不强學力行、自致於古人者，不可不畜此方。庭堅頓首敦禮祕校足下。（《山谷簡尺》卷下）

47　又

昨日試用卜練茶匙，極妙。大筆無見成墨瀋，故未暇試。庭堅謹上謁候敦禮祕校起居，五月十九日手狀。（《山谷簡尺》卷下）

宋黄文節公全集·補遺卷第五

書簡

1 答景道簡

庭堅頓首。辱教存問勤懇，審朝請不忘夙夜，體力勝健爲慰。將護不至，病眼，遂卧家一月，勉入局才三日耳，以故未能繼奉問也。伯時畫有一意思，不欲與人，俟面可道。庭堅頓首景道太博閣下〔一〕。（《山谷簡尺》卷下）

〔一〕太博：原作「太傅」，據《寶真齋法書贊》卷一四改。

2 答仲矩簡

庭堅頓首。尚欲一參候，不謂行李爲爾迫遽也。今午得教時，方爲家兄將姪婦歸治室，甚冗，不即上拜。畫屏今送。來日早上道，願多愛。幾時復能來耶？憊甚，草率。庭

堅頓首仲矩足下。（《山谷簡尺》卷下）

3　答德修都監簡

庭堅再拜。蒙書勤懇，感慰！惠蜜，副所闕，已領。桄榔壓足懶架，大是要物，然未至也。有桄榔或烏構木界方七分六分闊者，各得一條，幸甚。燭自是奉煩，不須見惠，但留直他日更相恩作之也。小樂府至今未成，蓋數月不作文字，如井泥不食，徒費井綆耳。謝筆詩，乃不肖二十年前所作也。公濟所幹，已了其半，受賜不淺矣。秋月晴徹，頗得淺斟低唱之樂否？恨不見小妝與常娥争輝耳。人還，奉書草率。八月十六日，庭堅頓首德修都監左藏仁親。（《山谷簡尺》卷下）

4　又

庭堅頓首。辱書勤懇，審坐局雖勞，亦以文字樂之。涉夏來貴眷安勝，良慰懷仰。承小閣惠道服，顧衰朽不稱耳。張粲蒙帶帓之賜，甚感佩，恨未得面謝耳。平凝佳句清壯，欽歎欽歎！此有一人家子弟，學書甚力，見公書，極歎奔軼絶塵也。近亦作得含笑花小樂府，適盛熱，捉筆揮汗，未能録寄，當寫一卷上，李時父歸時奉寄也。錫合令作去，不知可意否？此一工嘗豫借直，令作生活耳。所寄錢卻付來人去。作此書已汗徹中衣矣。三月二十七日，庭堅頓首德修都監左藏親家。（《山谷簡尺》卷下）

5 又

庭堅頓首。伏奉二十三日手誨，審稍涼，起居輕安，家母縣君萬福，小親家母安勝爲慰。寄惠栗、橄欖三千，荷不忘之意。硾紙亦好，候令溪東紙工加意作極厚極白簡紙去，每硾了，輒中分之，亦應乏也。山蕷雖未出土，又公至冬乃甚富也。近日治一耒陽石磑，甚精，亦可時磑雙井奉寄，但未有廬山小沙瓶爾。比得人饋建溪，并得佳碾，時舉一杯，極奉思也。公濟適今日成行，欲因來人直馬去，奉狀極率易。夜冷，千萬珍護，以須陞擢。九月二十六日，庭堅再拜上德修親家都監左藏防閤。（《山谷簡尺》卷下）

6 答持國簡

庭堅頓首。辱手誨勤懇，喜承起居輕安。初和父簡寫去。三兩日參候。草草。庭堅頓首持國足下。

女子更煩閤中致添房，感愧感愧！一郎謝惠簡，忙不能作答。（《山谷簡尺》卷下）

7 又

庭堅頓首。辱手教存問，且致遠行之助。既不敢卻，公亦自無餘，受之增愧耳。承謝舟師不肯那船來，午後當率自然同往，更不入城也。庭堅頓首持國長者。（《山谷簡尺》卷下）

8 又

庭堅辱教，并荷麞臘、白粲，荷勤卹之意無已。庭堅頓首持國足下。（《山谷簡尺》卷下）

9 答公卷承事簡

庭堅頓首。奉八月二十日所惠書，承每得衡州安問，永州骨肉皆安宜，良慰懷仰。寄惠中秋歌頭，清麗可喜，欲和去，以久不作文，遂井泥不食矣。得所送鍾乳、硫黄、建溪，極副所闕，感刻感刻！鍾乳極得益，恨少耳。南方不可多服金石，荷教，意甚忠藎，然不肖稍闕此，輒欲作病，似血氣各不同耳。輒曾作《問鍾乳》短句，前書忘寄上：「寄聲魯公子，金丹幾時熟？願持鍾乳粉，實此磬懸腹。遥知蟹眼湯，已化鵝管玉。刀圭勿妄授，此物非録録。」貸金，荷傾倒應副，小兒亦不來謀，不肖度之，可如此耳。欲得百兩到宜備緩急，恐如筇論，或遷溟上，亦不可不豫耳。然禦寇所謂營州之西猶營州也，但兒女子不能忘耿耿耳。所惠安公四十九鍊金液，如尚有，更惠一兩，昨病中最得此藥力也。四一卧疾，想得長者撫視乃安耳。旦暮差涼，似可堪，想彼已摇落矣。無緣言面，臨書增懷，千萬珍重。九月十七日，庭堅再拜公卷承事親友。（《山谷簡尺》卷下）

10 答子中知縣簡

庭堅頓首啓：竊伏君子之譽舊矣，羈縶窮城，不能一望風采，未嘗不懷仰也。適蒙寵顧，敬佩不遺。重辱賜教存問，感激感激！遇有賓客過飯，飯已，即當詣館。謹勒手狀。庭堅再拜子中知縣奉議閣下。（《山谷簡尺》卷下）

11 答遥集司理簡

庭堅頓首。長沙之别，忽復歲窮。昨道中來，處處見寶墨，未嘗不懷想也。比承久攝郡政，想文雅敏達，郡中當一新，民亦受賜矣。融江夷仲昨亦有書往來，臨賀令弟當時得安問。才叔道人嘗相見否？未緣瞻承，臨書懷仰，因西山安知客還奉書。千萬珍重。十一月十七日，庭堅再拜遥集司理。即朝達。（《山谷簡尺》卷下）

12 答元直簡

庭堅頓首。奉别有日，時辱惠教，存問勤懇。適以悲苦滿懷，又心腹痛作災怪，極不能堪，以是久不作書，至於懷想風義，無日不懃。即日天寒，治行良勤。以不肖商之，東坡雖來歸，未知所止，且未用東去，俟知定止乃行爲佳耳。行李既遲遲，不知荆渚猶得相見否。南溪駐船，奉狀草草。十四日，庭堅頓首上元直仁友。（《山谷簡尺》卷下）

13 答新昌知縣簡

庭堅叩頭。專人辱賜書勤懇，感慰無量。春氣寒燠未節，不審體力何如？伏想平易之政近民，鰥寡得職，縣齋閒虚，頗以講學之功，作興田里之秀民，使畎畝之間知有孝友忠信，以效瑞草之實乎！庭堅待盡墓次，生理無幾，頗亦疲於賓客勞問，作記承動静，不能萬一。不次。庭堅叩頭上新昌明府執事，三月三日狀。

王聖塗書信遠勤從者，將致感愧。庭堅頓首。（《山谷簡尺》卷下）

14 又

庭堅再拜。多病多故，久不能作書。辱教問勞勤懇，感慰無量。承嘗苦目眚，想今已復初。霜寒，王事勤止，體力勝否？庭堅比以病乞宫觀，尚未蒙報，然抱病如初，但可安山林之分耳。未緣參展，千萬爲民自重。謹奉狀。庭堅再拜上新昌知縣推官執事，十二月初三日狀。（《山谷簡尺》卷下）

15 答興文判官簡

庭堅頓首。伏奉手誨，審涉冬安勝爲慰。令子想必已安和，常須與竹瀝喫，乃能去癰疽根本耳。寄惠栗，極助齋厨所乏，感刻感刻！糟薑一瓶漫往，恐是彼所難得，可同張老對飯黄粱也。冷金二軸極不堪，是公庫買者，差勝黔中臭米紙耳，小兒學書或須也。漸寒，可圍鑪夜語，殊恨公未得歸爾。適作書冗，奉狀草率，千萬珍重。初八日，庭堅再拜上興文判官執事。（《山谷簡尺》卷下）

16 與人簡

庭堅叩頭。天氣和暖，伏惟中散丈寢膳康和。乍遷排岸，令弟官舍安穩否？衰粗，無緣參候，因問膳，幸達小人之區區。庭堅叩頭叩頭。（《山谷簡尺》卷上）

17 又

雙井乃家園春課，謾分上數啜，寢門問膳，恐或須耳。輕瀆，愧恐愧恐！庭堅叩頭。（《山谷簡尺》卷上）

18 又

庭堅叩頭。雪寒，不審尊候何如？伏惟豈弟之政，田里所安，縣齋虚閒，寢膳宜適。哀苦臞瘠，雪寒手凍，上狀極不如禮，伏幸痛察。庭堅叩頭。（《山谷簡尺》卷上）

19 又

管君計日相見，幸爲道千萬意。行日辱訪别，適治伯氏上道之具，不果款曲，又不果往别，欲作一簡去亦不暇耳。既如詔書罷秋試，則必不久留鄉郡耶？庭堅頓首。（《山谷簡尺》卷上）

20 又

庭堅再拜啓：不肖雖未嘗得奉緒餘，然舊聞妻之叔母尹夫人及亡友司馬公休頗能道左右業履，恨未參識也。今者得罪竄殛，乃得瞻望下風。孤危未死，幸於承教也。即日夏氣未節，不審尊候何如？伏惟監理豫暇，宴處禪寂，日有餘味。庭堅區區已及施州，數日可參侍，曷勝慰快！旅次作狀，不如禮，伏幸裁察。庭堅再拜啓上。（《山谷簡尺》卷上）

21 又

夜涼得佳眠，旦來亦苦客破華嚴道場耳。茗句昨遂同會，但令行酒耳，乃是曩時壽州盜殺林大監孫也。明略書回，納高郎書，意甚迫切，然未有可輟，當割俸一千往。公若隨分賙之，錢監時有人往來也。庭堅再拜。（《山谷簡尺》卷上）

22 又

庭堅再拜。兩日來黔江水漲，涉夏乃復苦雨耶？齋閣風物想入知創，益有可觀，所恨《轉關》《濩索》，無與共樂之者耳。子寧氣體漸能堪耐，時到賢樂從容否？比因檢書，見東坡一篇聽《琵琶》纏頭曲，甚妙，不審曾見之否？或須，當以大字寫一本付大張也。亦思作聽《道人歡》一曲，偶有數字，未可意，後信并寄矣。庭堅再拜。（《山谷簡尺》卷上）

23　又

庭堅頓首啓：邇來尊候想益康實。聞子寧已能出點季，計殊輕安，數共賢樂把酒否？别後時時夢《轉關》《濩索》之聲也。三祗候安勝。庭堅再拜。羅忠、秦德道中極得力，但久滯留，增愧耳。庭堅再拜。（《山谷簡尺》卷上）

24　又

聞後房九月臨蓐，計當得男，以慰所望。賈守得書，未能如期來交承否？子寧聞遂安强，計數有齋中小宴，歌舞中更得新進否？此邦樂籍似皆勝渝、瀘，微有成都之風也。庭堅再拜。（《山谷簡尺》卷上）

25　又

八師經久寫得，無便可寄。今附葧子寄，不知可意否？黏葧子時，微似差互，卻如不見經，即在子寧葧子中矣。庭堅再拜。

重煩惠油餅起溲，荷眷卹不倦，感愧感愧！庭堅頓首。（《山谷簡尺》卷上）

26 又

庭堅再拜。前日輒以參道同轍，卒易及惟清人物之論，伏蒙開納，敬佩盛德之意，欽重欽重！庭堅再拜。（《山谷簡尺》卷上）

27 又

陳充國，魚洞之佳士也，以渝州無米，來糴食米，東歸過貴部，幸爲調護之。庭堅頓首。（《山谷簡尺》卷上）

28 又

庭堅頓首。《清閒頌》如此作，不知可意否？紙軸書《雲頂十二時》去，此佳作也。純公疏勉如來諭，但恐未必行耳。至樂山豹隱亭榜，臻公行可附也。聞公畫鑒高明，計齋中大有，恐因行攜來一觀，幸甚。庭堅頓首。（《山谷簡尺》卷上）

29 又

旦來體氣清佳否？今欲迴納米三石八斗，黑豆一石二斗外，不審請過錢幾許，奉煩令作抄迴納也。猥事不當煩君子，悚惕悚惕！瑪瑙研珠一枚，并墨竹兩紙納上。墨竹佳物，但未背耳。庭堅頓首。

鏡架已成否？（《山谷簡尺》卷上）

30　又

庭堅頓首。法帖乃至煩賢郎，甚非宜。或未下手，幸見還。比得一兵，頗能此事也。王君所幹，乃爾稽違，亦可畏，使老夫自遠幹人，有至者，亦棄之矣。而二三子多王君之比，故比來用度極窘，抵當至百千矣。遣廣僧往督其負，乃反使廣負謗毁。計廣語言容易，往往鰌迫，故致此患耳。廣性不敦重，語言輕易是其短，其餘皆謗黷之耳，無一事實也。若稍稍督得此逋，盡寄醇老宅庫易作如干錢來既奉法，又易致耳。庭堅再拜。（《山谷簡尺》卷上）

31　又

大墨一笏，頗堅黑，恨不多耳。陽山九峰紙各一百，漫副匱乏耳，不能佳也。前託王公濟致四千足作燭價。再往，竟不曾上納，或又不能送，即當自此遣上。前燭恰得二十

枝，送一相知人矣。庭堅拜手。（《山谷簡尺》卷上）

32 又

庭堅欲煩頤旨，更爲作燭二十枝，如前法，不知可得否？然聞公濟説，託外縣鎮買蠟亦費力，果然，恐不能猝辦。有人在此候發，若十二三日到，猶可及。前自用者猶有十五枝在，若且作得五枝，走一人送來，幸甚。若要簡紙，即示諭。此居處隔江即紙户家，每來問勞之，遂可使旋買百十張，積自可得五七百耳。亦差光緊如官中買者，蓋於官紙中擇差者見售也。草豆蔻更不須置，昨日見一呰官，言彼極易得，已託渠買千顆矣。庭堅頓首。（《山谷簡尺》卷上）

33 又

昨日作竹匱，極荷調護，甚如法也。欲更作疏欞竹匱盛食器，不知能爲作得否？蓋三間屋中，欲盡去几案，令寬展耳。但鄙事溷煩多，深愧悚也。有人惠麞肉，既已禁肉，遂爲無用，輒奉一飯也。比作得重醒酒，乃似京師官酒味，少時亦奉一器。庭堅頓首。（《山谷簡尺》卷上）

34 又

獻香海神，奉煩指揮作一鐵燭跋，須曲起乃壯，然要令跋當盤心也。庭堅上。（《山谷簡尺》卷上）

35 又

欲作一竹匱，高五尺，闊四尺七，側闊二尺三，兩層，欲頂及四面平直。須指揮買竹爲之，惟壯爲妙。此自與手工也，但鄙事數煩君子，多愧耳。庭堅頓首。（《山谷簡尺》卷上）

36 又

造二簾，極如法，甚煩調護也。告指揮來取物料錢，更欲得兩對小簾鈎，只木工作者可也。得此簾，則當去窗紙，甚涼矣。又慮風雨，夜中冷，須得兩簾於窗裏，各闊五尺五，長三尺七，以柿膠糊之。仍打四小鐵環、四小鐵鈎，事乃大備。但鄙事數煩君子，愧惕不可言耳。庭堅頓首。（《山谷簡尺》卷上）

37 又

茶碾一副，欲奉煩指教一木工差巧者，作木匣及把手子，便漆卻，卻都示物價，仍與木工錢也。庭堅頓首。（《山谷簡尺》卷上）

38 又

惠貺魚開珍味，感刻感刻！前承應副白豆蔻、防風，敬佩惓惓之意。庭堅頓首。（《山谷簡尺》卷上）

39 又

屢辱珍羞之貺，感刻感刻！顧無嘉物可奉報耳。聞學院子有能界册子者，不審未替否？如未替，即欲送一册子奉煩耳。庭堅頓首。（《山谷簡尺》卷上）

40 又

庭堅今旦報謁數客迴，已乏，到保安熟寐，家人喚起强飯之。方筋頭少味，承惠開，家人云，開似未熟，因令煎之。方欲食，得子永報，遂不能舉箸。然家中人將生熟開細視之，皆無有，豈天寒，方聚廳於瓶底乎？一噱。庭堅再拜。

時當意欲用口味，不知可否？庭堅上。（《山谷簡尺》卷上）

41 又

庭堅欲初六日奉邀全甫、君賜、時當、元朴、子美、信中同飯蓮華亭，煩全甫指揮具之，幸甚。庭堅頓首。

早食包子，作數種乃佳。肉汁粉、鏖鵝下飯，鵝自庖去。又晚食作八九味，煩斟酌，唯佳物乃善。今納一千足去，恐尚少，續送，來日納二斗酒去。（《山谷簡尺》卷上）

42 又

聞有流黄十兩，或未用，且都輟來，如何？今年闕金液，遂覺氣數弱於去年也。庭堅頓首。（《山谷簡尺》卷上）

43 又

此一種水味雖不及教授家者，亦可喫，漫分上。庭堅頓首。（《山谷簡尺》卷上）

44 又

君子粗牽合得，就欲歲裹遷入。少竹門竹窗，買斤竹不得。若有斤竹，欲迴買兩大束，可否？庭堅拜聞。（《山谷簡尺》卷上）

45 又

庭堅初十日率易共早晚食，攀屈全甫、君賜、時當及元朴、子美、琪禀尊命。信中，不罪坐邀，幸甚。庭堅再拜。（《山谷簡尺》卷上）

46 又

天氣小冷，而得晴日，頗宜人，不審台候何如？一婿自安州來相見，方館穀之，故兩日不果瞻望。黄橙三十，漫分上，旋煎亦珍。庭堅再拜。（《山谷簡尺》卷上）

47 又

累日不奉誨益，惟有懷仰。晴暖，伏想台候萬福。以故人阻風相挽留，義有不得違者，遂失子永之約。若萬一來日成行絶早，且遣孫八及定國書往矣。計自此時有人往還，孫八所要字便可致也。偶出見市中烏椑似可人，漫遣五十。庭堅再拜。（《山谷簡尺》卷上）

48 又

今日飲膳勝常否？須草書，賓客紛紛中寫，不能佳也。二種紙漫納。書凡紙品裁皆佳，可惜寄人家飽蠹魚也。之字詩録上。庭堅再拜。

朱君飯南樓，已那船在望僊門，食罷即行。（《山谷簡尺》卷上）

49 又

萍鄉縣令黄大臨，庭堅之伯氏也。其檢身臨民，故莫逃於衡鑒之下。今歲六月當滿，而交代曾誠乃以讁來。聞此君遲遲不來，規欲避免，然尚占此闕，未歸吏部，恐或淹留數月耳。或按部至邑，當蒙垂察。庭堅再拜上。（《山谷簡尺》卷上）

50 又

僦舟，極荷垂意。不要與争數千錢，得大舟安穩，又速離得鄂州，是第一策，雖三十千

不足爲費也。絳州法帖送郎令甥。庭堅頓首。（《山谷簡尺》卷上）

51　又

昨日見潭船一樣者凡三隻，試託令船牙人子細問當，雖三十千足不害。如昨日攬載船只直二十千，瘦亦微疏漏，不可人意耳。庭堅頓首。

馬子欲與韓二州，不知須否？今只得三十千省亦可，若要看，可來牽去。（《山谷簡尺》卷上）

52　又

庭堅頓首。昨仲牖過此，盛稱亞室之秀惠，纖穠合度，笑語不可忘，女功尤妙，所以不欲草草措詞，而老拙慳澀，未能成也。公濟來，又言作瓠羹極道地，故奉寄麵一石作瓠羹也。草書漫用連州大紙寫去，不知可意否？昨發武昌時，便爲輕齎至宜州之計，凡重物皆不將行，所以紙研墨極闕，大圭往取猶未來耳。有隨行紙，昨在八桂已用竭，連州紙乃旋買來耳。須草書，但要自看，不必堅紙，更約二十年看得便可耳。一噱。兩日發熱，意思不甚佳，今日猶憒憒。來人，索索作此，所謂草草。庭堅再拜。（《山谷簡尺》卷上）

53　又

偶得少許蕈，極嫩，可加料作一杯湯餅否？兩種虀亦漫往。庭堅再拜。（《山谷簡尺》卷上）

54　又

深衣帶并冬兒裙子納上。糟肉卻爲前日忙，忘卻著鹽，今早取看，已臭，有悮主客服食，可笑。青綾可截下八尺作直裰，餘幾許示下，可否？庭堅拜手。（《山谷簡尺》卷上）

55　又

範公洗漱樏子遣呈。小角匙子納一枚。欲得闊三寸、高三寸合子二枚，不知可鏇否？亦不甚緊要，漫及之耳。明日能爲赶切兩人蕎麵不拓來，幸甚。瓦瓴討一枚。庭堅再拜。

告指揮用一斤頭麵、七斤次麵和卻付下。庭堅拜手。（《山谷簡尺》卷上）

56　又

經宿，伏想尊候輕安。昨晚遠迎狀極愧慁高明，又逼夜，遣呈不如禮，恃相與傾倒，不

留秋毫耳。倚背坐子借四副，乾魚乞幾枚，削脯亦乞三條。庭堅拜手。（《山谷簡尺》卷上）

57 又

庭堅拜手。昨日得陪尊俎，少慰傾仰。恨白頭懶倦，不能極主人之意耳。人來，喜承起居輕安。皮韉亦不甚相遠，但各是本物耳，餘一隻幸付下。不爾，只留此隻履與知命著也，呵呵。庭堅拜手。（《山谷簡尺》卷上）

58 又

雨不止，寸步不可出，地鑪中與三道人語，忽然不知日晏也。還醻飲三千已領，但恐侵支宅庫已多耳。既費衆人錢，須作得超陶乃佳。每事得左右指畫，幸甚。二書册并往，略已改正，可傳抄矣。屋漏無乾處，想止是西軒當屋山下耳。庭堅拜手。

預送犯令果子，已付馮老入庫矣。承有兩絮未用，幸付下。（《山谷簡尺》卷上）

59 又

釦器斑斕，遂不可出人前，蓋物料慳耳，如何？告指揮，别買少許金，加色令深，及外

緣皆成色，可否？更煩令監打一截𧮪盂子，蓋此物料也。鄙瑣，數汙高明，愧不可勝。庭堅再拜。（《山谷簡尺》卷上）

60　又

今日得從容相語，少慰馳仰。即刻伏想輕安。適方練得絹，并樣納上，鄙諜甚愧。庭堅再拜。（《山谷簡尺》卷上）

61　又

今日齋會，但範公差勞耳，餅師止作薄脆及胡餅，不費人心力也。打疊想各已就緒。冬兒計止是熱，前日見已著綿，甚非宜。待極寒，方與些舊綿幕絡褑兒，即經冬惺惺也。恐是耳中有瘡，可與劉侍禁金華圓四五粒，令宣動則解。庭堅拜手。更與孀子金華圓三十許。（《山谷簡尺》卷上）

62　又

尊公書信，今託黄龍長老所遺化主附去。相、棁等並往問訊，未果，令作書。前借示

諸畫，欲令裝褾《閲馬圖》，爲雨濕未得成就。裝褾功畢，跋尾了，乃遣。庭堅頓首。（《山谷簡尺》卷上）

63 又

適來紙堪用否？此亦有冷金厚玉屑，但不成數耳。若五十幅作一沓，用兩種，更加小牋，似可。庭堅再拜。

作茶蔀者至今未到。大小各樣子各求二十許，未有，即乞減少支給。針工借三人與知命了帳子。（《山谷簡尺》卷上）

64 又

家書乃煩勾限，感愧感愧！今遣上，告指揮付之。庭堅再拜。

舍弟上問起居，晚當拜見。米，告指揮，足數量與六石外，或零數，即煩斥回。（《山谷簡尺》卷上）

65 又

板子，告因作腳時，爲以樺板樣作四腳黏卻，幸甚！降真板，若作香材乃佳，作拍板有

太薄者。遠道恐虚費人擔，適卻思只以雙井報之也。庭堅再拜。（《山谷簡尺》卷上）

66　又

經宿，想舟次安穩。今日食後定成行否？或舟人之便，更滯留一日，亦無害也。漫令赶切數渦麵去，恐可隨宜一栝耳。半夏湯今送。豬肉恐庖成不可口，故腥送。買大字《論語》一部，最急務也。告指揮作蒸䏝一斤，少時卻送爊茄瓠去。若有念頭，惠二七不妨，多則無用。庭堅再拜。（《山谷簡尺》卷上）

67　又

庭堅稽首。昨日舍弟荷招唤，時暑，煩二姬釵插，大似不識好惡，然蒙眷與之厚，感愧不可言。經宿，喜承尊候萬福。令女得風引湯，大府流利，善矣，但恐須服托裹散乃全佳耳。建安茶碾甚如法，只是把手未壯，碾茶兩日即兀矣。若有解作生皮頦子安其中，大佳。摩圍但得舊碾足矣。滯麵煩指揮，愧悚愧悚！有竹紙，乞數十，但恐亦竭矣。庭堅再拜。（《山谷簡尺》卷上）

68 又

少間納燒餅十枚去。今日不知作何物，若有蒸餅，酸豏各惠數枚，不必多。庭堅再拜。（《山谷簡尺》卷上）

69 又

消風散如已合成，覓一帖，爲相不忌口，又眼痛也。適借得吕令券，勘七月四石米，若便得之佳，見闕米也。庭堅再拜。（《山谷簡尺》卷上）

70 又

晚來起居何如？傅侍禁送到山紫草三斤，不知可染得直裰表裏成色否？今納上。庭堅再拜。

般入行衙，薦若有餘，乞中樣者一領。或未空，切不須騰，亦是漫乞耳，非急須也。（《山谷簡尺》卷上）

71　又

若於法當取願狀，既往干之，但當供願狀也，其他差遣則有命矣。恐難爲卻之，不願也。庭堅再拜。（《山谷簡尺》卷上）

72　又

玉井欄雖紗縷差麤，乃是本色，極荷垂意。糕煩致餽，甚荷。此兩鍋乃是呂令局上所負，告指揮破來送呂所，令買物料也。庭堅再拜。

手帊薰籠不知都作得幾枚，可且輟一否？庭堅拜手。（《山谷簡尺》卷上）

73　又

庭堅頓首。刻語録之類，想有兄弟幹辦，不至勞勤。廬山頗有日近所開碑刻，以擔重，附鹽船來，至今未到，他日別求，便寄往也。有一書與道林琳公，煩指似此僕送達也。周重實名秩，秩是一穀中二米，故字重實耳。示諭潙山所作贊及跋尾，此道人之言，不須更彫繪也。庭堅頓首。（《山谷簡尺》卷上）

宋黄文節公全集・補遺卷第六

書簡

1 答人簡

城中幹米麵之類，不外示諭，此白有人可指呼也。糟薑一器漫往。張施州書得一便爲送，幸甚。庭堅頓首。（《山谷簡尺》卷下）

2 又

庭堅頓首再拜。相從致不疏，方復蒙牋記之賜，雖荷禮數勤重，又竊怪似相鄙外，何耶？即日煩暑，雲物不能雨，天氣殊病人，不審起居佳否？驛舍終不可久，修葺東寺，必已成功，遂遷過否？示諭差人，法當得差，無不可，但十七日被省符即解官，當奉爲白權郡也。三數日即可參候，謹勒手狀承動静，願更加珍護。六月二十一日，庭堅再拜上。（《山谷

簡尺》卷下）

3 又

庭堅頓首。頃承遠致祭文及祀儀，雖已過時，即以告白先夫人墓次，實深悲感。私家多故，久不寧居，故失馳謝耳，愧悚愧悚！庭堅頓首。（《山谷簡尺》卷下）

4 又

庭堅頓首。伯氏辱别紙存問甚厚，本不欲勤將命，故不敢作牋耳。僧舍或有嚴潔處，可置兩榻便足，幸煩指揮。庭堅頓首上。

書吏暫借一名。（《山谷簡尺》卷下）

5 又

庭堅頓首。數日前在浄照所，極思足下同之，屬到時已大熱，不敢往奉邀。得手誨，審侍奉萬福爲慰。只今至皇建謁翰長，如不甚熱，徑往矣。庭堅頓首。（《山谷簡尺》卷下）

6 又

分惠糟薑，極慰貧啄。紅合并兩攤盤、一碟且遣回，黑合來日納上。庭堅拜手。（《山谷簡尺》卷下）

7 又

惠朐鱐太多也。南蒲茶尚餘三十銙，都遣來，并有今年兩入香半挺耳。蘄簟今送，可便開看，乃裹起，恐或濕著也。庭堅拜手。（《山谷簡尺》卷下）

8 又

惠松實殊新好，感刻感刻！庭堅再拜。來日作炊餅，幸寄三斤卧劑。（《山谷簡尺》卷下）

9 又

黄甘分惠，感激。合於紹聖三年十二月初七日采摘也。後日須，煩摘二十許枚，小冉園中者乃可喫。庭堅拜手。

若有橙子，乞一枚作醬。（《山谷簡尺》卷下）

10　又

上馬山行，飯道中，承惠黄甘，感刻感刻！榠樝四枚，漫送諸人薰衣。庭堅再拜。

筍甚奇。庭堅再拜。（《山谷簡尺》卷下）

11　又

粟粉肉糕，甚荷分貺。九銀杯已領，厮羅并合皆付去。庭堅再拜。（《山谷簡尺》卷下）

12　又

高使君計夔州留五日，施州留三日，亦須到黔江矣。而雙牌報不至，必是所至極從容耳。初二日作餞會，謹如來諭。安奴既斷訖，並不蒙示及行遣次第，豈有情弊耶？呵呵。庭堅再拜。（《山谷簡尺》卷下）

13 又

庭堅拜手。喜承體力輕安。特爲冬兒作裙袋，何故卻送來直裰？緣本謂一衣用六大尺，乃用八大尺耶？所要止爲相、相緣背心，今已問得作被及相緣背子之餘，尚餘五尺可足矣，今卻納上。庭堅再拜。（《山谷簡尺》卷下）

14 又

大銚并三腳已到。試與問何獻盟，有橘皮，得六兩來乃濟事，當以三升酒與之也。布適恐有如前時白者爾，此二匹亦可使也。庭堅拜手。

夔羅背子面，去年不知誰知出染來，告指揮送與。或無粉，此自有之。（《山谷簡尺》卷下）

15 又

所諭，所苦是轉項難，乃是微有風熱，睡時枕不穩爾。用竹葉湯服清心牛黄圓即愈。《神功圓帖》納上。庭堅再拜。（《山谷簡尺》卷下）

16　又

庭堅稽首。伏奉手誨，喜承尊候康和。齋饌極如法，甚煩調護也。運判若十日宿鹽井，如乘舟來，今日亦可到也。庭堅再拜。（《山谷簡尺》卷下）

17　又

庭堅稽首。伏奉手筆存問，喜承宿昔起居輕安。籠餅今日作，韭羹爲範公補益，甚愧浙中養病寮爊鵝煮鴨也。茄鮓每煩烹飪，感刻！聞諸公數日中欲至摩圍，亦不害，但絶無果實，都不成盤飾。四十乳母乃一老精靈，禿鬢大腳，但可令執爨供承。慶兒亦黑醜，但差靈利耳。若一見惡心，便當掃迹不到南寺矣。（《山谷簡尺》卷下）

18　又

賢女手臂痛，乃是風氣盛，犀角湯未相當，今送風引湯二服，飲盡則熱除矣。孟子已領。（《山谷簡尺》卷下）

19　又

伏奉台誨，喜承旦來萬福。女子待李郎來，少從容乃渡江。寫家翁書了，必已晚，來旦行矣。來慶者云「范家教我作養娘」，遂不待旦而行養娘之政，故除名耳。所遣乃闞生，成都人，卻寡言，但差褊急，丁寧遣之，今伴女也。九娘姑婆與婿皆極解事，故亦不多念耳。謝生但略能縫直縫，故不遣也。曾説無憂散乃人家老幼所須，今録上。庭堅再拜。（《山谷簡尺》卷下）

20　又

蒸牙一合，雖是分寧茶，味不甚佳，但可用薑鹽煎，以領闞張爾，後信別寄建茶去。前日退夫會此，極思相從之樂。渠得家書，八月末接交代人尚未到都下，如此，歲裏未得交割耳。庭堅頓首。

闞張閩貳車已具檢，尚未發也。（《山谷簡尺》卷下）

21　又

庭堅承寄惠方竹、真珠菜，荷縉綣不忘之意。李尉覆舟敗茶，不便發視乾之，其智短乃如此，所論蓋已得之矣。今年雙井即當求便早寄，漫持施黔研膏茶數種，若彼難得，建茶亦可碾，終勝草茶耳。施州太守張詢仲謀，與之有三十年之舊，其人學識吏能皆不在人下，今年告以作茶法，遂能如此。茶質本不及黔中，但湯火得所耳。庭堅再拜。（《山谷簡尺》卷下）

22 又

有劉公敏者甚辦事，亦能潔己守貧，恐緩急有使處，今漫納腳色一狀。渠非敢來干請，不肖往索之耳。庭堅頓首。

漫書陰長詩去，恐子舍有喜學書者耳。（《山谷簡尺》卷下）

23 又

李十六至於從辟如此，亦可念。頃潁昌相見，貧甚也，又不脱罪籍，則十五口衣食實無所出。子先二子可學，亦欲及時，令不失學耳。庭堅頓首。（《山谷簡尺》卷下）

24 又

許作白曬茘子惠寄，不獨老饕引領，小子輩皆垂涎也。向蒙惠餘甘，皆以濕損耳。可用乾竹筒，極燥者乃佳。曬乾黄土，不用沙。餘甘略暴，令無濕氣，大概十分，黄土居六分可也。暴餘甘、曬黄土，皆須冷，乃入筒，亦戒道中縣挂風涼處，勿令中濕。餘甘得黄土，行千里亦不皺也。庭堅再拜。（《山谷簡尺》卷下）

25 又

李十七遂不起於蔡州，可痛之，令人思公擇之盛德，惘然終日。不知蘇九能調護同安君至揚州否？李十五近年亦殊識好惡。蘇九才器，終不爲人下，但憂年少未成立耳。庭堅頓首。（《山谷簡尺》卷下）

26 又

庭堅再拜。方欲奉上，遽辱賜教，存問勤懇，并惠黎祁屑紙，欽荷珍重之意。謹奉啓道謝，不能萬一。庭堅再拜。（《山谷簡尺》卷下）

27 又

庭堅頓首。蚤辱主禮勤重，感戢感戢！奉手誨，喜承晚刻起居輕安。損惠麝臍、通裙、鹽，謹承來貺。三米輒遣回，蓋於公爲實費，而在此未爲益。庭堅舟中有米三十石，喫至六錢一升處尚有餘，不當攜貴米而東耳。惟深悉，幸甚。庭堅頓首。（《山谷簡尺》卷下）

28 又

昨日蒙手誨，諉喻千萬，感慰無量。惠金液，荷愛與之至。所以教督之者，無不銘刻心膂也。適奉手誨，承郡君招唤姪女子在彼，感刻感刻！示諭，欲并張子望縣君請唤，尤荷惓惓之意。承汗止，食有味，歡喜滿懷。明略、和父日相見。庭堅再拜。（《山谷簡尺》卷下）

29 又

惠曼頭角子、蔬菜，佩荷不忘之意，亦見公之愛我無已也。女子今晚亦同李郎歸矣，欲往略參見郡君也。藤牀付來人，并以二火兒調護之。庭堅更三日可離漢陽也。庭堅再拜。後來潁昌别致得金液丹來否？（《山谷簡尺》卷下）

30 又

前日蒙惠甘草，遂成得數種湯藥，感刻感刻！偶踏逐到一處，水茄甚脆美，且往二十

枚。若公與夫人不畏生冷，能享之，可時致也。胸痞已佳否？庭堅再拜。（《山谷簡尺》卷下）

31 又

所諭快一時之語，好事者將以爲美談，此至言也。敬佩玉音，服之無斁。庭堅頓首。（《山谷簡尺》卷下）

32 又

承諭小李數問動静，想瑯琊不見問也。一噱。瑯琊秀惠，清歌常有出藍之聲。比得數新曲，恨未得親教耳，但鄂渚亦有二三子可與娱。每至樽前，未嘗不懷英對也。王環中時得望履舄否？圓通道人，諸山之冠也，時請見接清談否？庭堅再拜。（《山谷簡尺》卷下）

33 又

伏承别紙誨諭官況不能佳。人生夢中事耳，畢竟無得失是非，但要心常閒曠耳。前三章聲韻亦佳，恨未有人可傳，不知李時父能歌否？若能歌，便可傳到融州矣。數日極熱，殆不可堪，幸老朽不病耳。適在南樓避暑，來人迫書，草草遣迴，紙筆皆不如法也。公濟相見，且爲致意。時父去，當作書。庭堅頓首。

茶三角漫送，可便碾，猶得新味。

李仲牖遂至此，令人氣塞，不知彭仲微能周旋之否？（《山谷簡尺》卷下）

34　又

欲送數軸紙去，煩作布紋，留一半於齋几，適冗未能處置。又此兵已荷公濟十麵，山路泥滑，故且已耳，當裝束以待復使也。令嗣兄弟進學不輟。庭堅頓首。（《山谷簡尺》卷下）

35　又

庭堅辱手誨勤懇，承迎送使者良勤。晚刻想安勝。鏡臺謝留意。卻送去二軸，書遂了，今遣子魚。珍重。感刻感刻！庭堅頓首。

子魚喫來過時矣，聞桂林乃有鮮子魚，他日當致。（《山谷簡尺》卷下）

36　又

諸郎想讀書有日新之功，成孺安勝。頃相會諸君，皆煩爲道千萬意。庭堅今日遂下江安，託戎州通判黄朝奉專遣一急足往，取愈黎州書信，幸即付之。烏氈、白茯苓、建溪、昌化皆朝夕須用物耳，必候公來，恐相失耳。庭堅頓首。

或公其中有所須，但發取之，卻封示，無害也。庭堅拜懇。（《山谷簡尺》卷下）

37　又

庭堅叩頭。罪逆餘生，苟活未死，僅能饘粥，以奉窀穸。幸以中外之助，二月初吉克終大事，汔兹無悔。惟是永失慈蔭，無望顧復，煩冤荼毒，肺肝摧裂，不孝奈何奈何！伏蒙慈哀，存問慰卹，恩意勤懇，悲摧感塞，大不可言。山川悠遠，無緣面訴，臨紙絶塞，不次。庭堅叩頭。（《山谷簡尺》卷下）

38　又

春氣暄暖，伏惟尊府及聖善萬福。不敢作啓，蓋恐煩裁答也。來春當奏名，亦可稍輯翰墨，以待禮部試否？略杼軸策，意亦佳。昨累在延英祗事，見上列者皆以指切當世，有謇諤之言。將來殿試官往往是蘇子瞻、范淳夫數人，定以直諫者爲上策耳。因問寢，試達此意。庭堅叩頭。

二尊伏想萬福，上道日必康彊，道塗不輟安問。庭堅上。（《山谷簡尺》卷下）

39 又

胡使君相見，爲道千萬意。適欲再作書，又爲賓客所奪。聞決事如流，郡中清静，殊歎仰也。庭堅叩頭。

矍鑠翁無恙？得二公清顧，亦少慰其晚暮。嘗論佛印百事過人，惟不可作僧。若此翁頗解事，惟不當覔舉耳。（《山谷簡尺》卷下）

40 又

李仲覽相見，爲致問千萬。衰悴荒塞，不能省相見處，然觀其詩，知其可人也。欲作《蒙齋銘》，至今未就，然公必不以遲速置懷耳。庭堅上。

七兄致問訊千萬。知命附起居禮。蒙存問，感激。庭堅叩頭。（《山谷簡尺》卷下）

41 又

庭堅頓首。初七日既作錫合成，且使人召時父飯，并欲付以三樂府節奏，乃云是日以行，似有所望而去耶？辱今書，乃知渠事辦即行耳。盛暑不可堪，喜承起居輕安，閤中暨小閤皆佳勝。東樓碾茶豈作堰閘處耶？樂府卷子，倦甚，仍未下筆。靸鞋前偶闕，比家中寄得六雙來，可不煩人耳。惟幅巾多敝，但恐彼亦自難得薄皂紗，故未寄樣去。餘無所闕也。但無蜜，早得數斤亦佳。昨見時父，道在公滋味亦難堪，然仕宦不免有如此，曹道沖所謂「凡百事，大著肚」，此最要妙。尚阻參集，千萬珍重。四月十三日，庭堅頓首。（《山谷簡尺》卷下）

宋黄文節公全集·補遺卷第七

書簡

1 與章與直書

兩日不會，曷勝馳情。昨與德素、天倪會語縣庭，殊思與公同之。與道輔唱酬詩皆和得，浄本已送道輔。昨已宿雙嶺，想未見本，少間得空别録呈也。今日不出，能見過否？（《山谷年譜》卷二六）

2 與李獻父書

庭堅但需分寧卸鹽船空即解維，後月初必獲參展，許借兩舟至海昏，盛暑使賤累少得清涼，實受賜也。二十一日。（《山谷年譜》卷二六）

3 與弟天民知命書

道中適晴暖，行李甚得所，七哥清快，葷味亦不乏，吾上路來尤輕安。三十三切勿過憂，亦聞裏面事稍慢，或歲初便得歸也。漫寄少梨棗去作冬節。（《山谷年譜》卷二六）

4 與道微使君書

庭堅五月五日被告復宣義郎、添監鄂州鹽税。得不死於貶所，又有俸禄，實已滿慰所望。但已江漲，未能下峽，方欲拏舟一至青神，省張氏家姑，乃漸治舟而東。（《山谷年譜》卷二七）

5 與七兄長官書

庭堅到臨江及�，以親舊皆留兩日，筠亦以張九微凍著，不欲拖曳上道。幸夜來已安，今早遂行。五月初一日。（《山谷年譜》卷二九）

6 與張叔和通判書

庭堅罷太平，即寓鄂渚，會范德孺謫來，即謀居漢陽。已而安厚卿來，遂營居九江。

將登舟矣，德孺以散官安置，衆議以爲，自不礙責降充宫觀人，不得同州指揮，遂定居耳。（《山谷年譜》卷二九）

7 與李樂道書

三月十四日到零陵。不肖本欲寄家桂林，而家中堅欲相隨到貶所。至零陵已大熱，骨肉不可復將行，因盡室留零陵。（《山谷年譜》卷三〇）

8 與中玉金部帖

庭堅再拜。風寒未解，不審尊候何如？來日欲到承天沐浴，每到城，常苦人事敗短晷，遂不得沐頭。欲清旦參候，煩爲具一飯，熱籤羹包子，三刀羹，淡菜羹飯，午前飯畢，幸甚。或遇方召客，即具已謹狀咨稟。率易率易！庭堅再拜中玉十三兄金部閣下。（《寶真齋法書贊》卷一四）

9 與成之祕校帖

庭堅頓首。兩三日望車來臨，何其寂寂耶？雨作，遂極涼，伏想安勝。欲煩指揮，尋

雇兩夫能負擔者往融州，因送王公濟去，便得之，乃佳，去亦不留滯也。庭堅頓首成之祕校。（《寶真齋法書贊》卷一四）

10 又

庭堅頓首。承惠雙梨，魁梧長者，感刻感刻！筆三雙分上，不知可手否。金波一器納上。何必言貸，但爲糴得白米，則是惠矣。庭堅頓首成之祕書。（《寶真齋法書贊》卷一四）

11 又

庭堅頓首。辱手誨，喜承體力勝健。所雇人甚醇實可喜，但公濟來云，卻已雇得兩融人，又得高左藏一人來，今遣迴，甚愧空勞煩也。糴粟米少加意。庭堅頓首成之祕校。願垂意衛生而已，庭堅頓首。（《寶真齋法書贊》卷一四）

12 與升之主簿帖

庭堅頓首。前承惠書，恩意曲折。良恨逾年之別，不得一面，而兩辱致助之意勤篤，義當受賜。而公客宦萬里，又除累月俸以償雇傭，想至今未贍，故輒歸納，幸不肖治行，粗足辨事耳。若甚不足，相資助，亦人情之常，非敢爲獨清也，願深照此意。更希勤官强學，以致光大。三月八日，庭堅再拜上升之主簿仁親。（《寶真齋法書贊》卷一四）

13 與君孚知府帖

庭堅再拜啓。涉夏來，黔中大暑，幾不可堪。又得骨肉到眼前，跛跛挈挈，但用過日，以是久不通書左右。即日秋熱未艾，不審台候何如？伏惟懷道宴安，閉閤清静，而鰥寡得其理，神明所相，寢膳安宜。庭堅待罪黔中逾一年，與此方人物皆相安，亦粗治生理，可衣食十口矣。弟姪輩到此，百用具足也。初到絶無書册，今又稍稍集矣，亦是與此故紙夙有業緣爾，呵呵。惟是無階修敬，不勝馳情，謹附承動静。七月二十三日，庭堅再拜啓君孚知府舍人閤下。（《寶真齋法書贊》卷一四）

14 與和叔知府帖

庭堅再拜啓。自惇夫下世，每欲作書則氣塞，以是絶不通記左右。然聞動静則密，亦以此爲慰爾。老兄博學，信道甚篤，泡幻起伏，亦可識矣，比想漸能愈痛。濟理諸人，具知公存心所向，計不能稍補外，行當國門瞻望騎尉。謹上狀。庭堅再拜上和叔知府舍人同

年兄。（《寶真齋法書贊》卷一四）

15 與德久帖

庭堅頓首。五月初三日，桂州見陸海，問知侍郎台候甚康健，開慰無量。奉别忽復改月，懷想何日不勤。即日當入學舍，不以游戲費日。梲姪殊有意相依學問，願蒙琢磨之益。惟以日新爲念，每旬可大半終日，想亦蒙益也。冒暑，今日方至桂府，一二日即行，他日可時通書耳。千萬爲親自重。庭堅再拜德久佳士九兄。（《寶真齋法書贊》卷一四）

16 又

庭堅頓首。辱書勸懇，審侍奉太夫人吉慶，韶州常得安問爲慰。子舍得男，六十老人初見孫，實以自慰，遠承致慶，感刻感刻！見所惠書，字畫詞意皆增于往，當是安閒便静，垂意文字之功。想學行皆日新，如此不惟交游之慶，韶州聞之，寂寥中亦一破顔矣。兩小兒日相從，蒙益當不淺。未有會面之期，臨書懷想，千萬自重。七月二十一日，庭堅頓首德久賢俊。（《寶真齋法書贊》卷一四）

17 又

旦來伏想侍奉萬福。《浯溪銘》篆字計篋中乃未有，故分一本去。《中興頌》卻乞一本。庭堅頓首德久足下。（《寶真齋法書贊》卷一四）

18 與子澤宣義帖

庭堅頓首。風日暄暖，伏惟體候增勝。早承諭須小史方令幹少俗事，閤纔來，今遣上。庭堅頓首子澤判局宣義閣下。（《寶真齋法書贊》卷一四）

19 又

庭堅頓首。適屈車駕臨顧，甚惠。晚刻，伏惟體力佳健。新賜茶分上龍鳳各一餅，碾試皆不與例賜者同也。庭堅頓首子澤宣義閣下。（《寶真齋法書贊》卷一四）

20 與景道帖

啓上景道十七使君，庭堅手封。

庭堅頓首。辱教，并惠酒以助旨甘，感佩眷憐之意。三紙早來檢文字方見，數日間寫得即遣上。諸院要題字者，當爲致妙香，即便作佳跋尾，幸諭之也。庭堅頓首景道十七使君。（《寶真齋法書贊》卷一四）

21 又

庭堅頓首。適自智海浴回，已燒燭，得所惠教，并送霝淥，珍荷珍荷！紙甚好，來日寫得遣上。庭堅頓首景道太博宗英。（《寶真齋法書贊》卷一四）

22 與君壽朝奉帖

庭堅頓首。屢屈車騎，以多故未果出城一參候。辱教并貺羊酒，感愧！百冗，上謝草率。庭堅頓首君壽朝奉仁兄。（《寶真齋法書贊》卷一四）

23 與監税承務帖

庭堅頓首。今日欲作記，并咒氣法，以賓客自晨達莫，遂不得試筆，然念不忘也。辱手誨，審侍奉吉慶爲慰。所須咒氣法，今遣上，幸爲達侍郎丈几下。大要昨日所道，以神守氣最妙，其次用咒，令氣常運轉。若情念未銷，惟誦白纖蓋心一百八遍，意自調伏。白纖蓋心若持之久，常令人對鏡亦不動也。燭下不能多書，未能作侍郎啓，爲致問無量。庭堅頓首監税承務執事。（《寶真齋法書贊》卷一四）

24 與承務帖

庭堅頓首。昨日辱手誨勤懇，并煩録惠明略樂府，感刻感刻！適在郡中食，不果即上答，今旦又不得一面，方懷耿耿，重承存問，荷蒙眷眷之意。夾紙殊佳，但寫未了，不欲久留來人。度郡中來人至使臺，甚易得，寫了，即送潘大夫求達矣。庭堅再頓首承務足下。（《寶真齋法書贊》卷一四）

25 與伯時親家帖

來日無他，能回車馬至騏驥，甚惠。仲謀延款之意甚勤，不肖亦欲承教也。踞邀，恐悚。庭堅頓首上伯時親家兄。十日。（《寶真齋法書贊》卷一五）

26 與景善主簿帖

庭堅頓首。遠辱惠書，并寄蜀牋，極荷勤懇。都下匆匆，人事略不辦了，眼前閲歲月如流耳，以此音記不時，想不以此爲恩意疎密也。即日官下何如？頗得日力問學，有同僚共文史之樂否？令叔比數得安問，然意思頗有生事自累之嗟。令弟每相見于仲謀家，意氣疎爽，甚可愛也。未緣會面，千萬加重。謹奉狀。庭堅再拜景善主簿仁弟。十一月十三日。（《寶真齋法書贊》卷一五）

27 與弟覺民帖

覺民弟：得書，知侍奉叔嬸，恭勤子職，同新婦、二郎、五郎、八郎、九郎、八娘安勝，甚慰遠思。審不利秋官，得失蓋有奇偶，但要偷閒不忘學耳。惟此一事，身當潤澤，又爲子孫之基，不可不勉也。讀書要不雜，每一書自初至終，日讀得一板，歲計之亦功多。雜讀雖多，終無功也。漢儒多白首專一經，皆成大儒，蓋書在精不在多也。念二弟所要文字及詩，已具報之。二郎開歲已十四，想已學作文字。陳隱夫必能糾率諸兒讀書，間時更自爲講解爲佳。諸甥想皆有性格，誰最精慧？因書報及。雙蓮之慶，計當在房下，要早教道，以成天予之美。南北阻遠，未有會集期，但懷想，千萬加愛。不具。兄庭堅寄。

睦、相並附起居。（《寶真齋法書贊》卷一五）

28 與張通處士帖

張處士：得所寄筆六種，甚有功，恨物材未極佳耳。楊仲穎先輩喜筆墨，欲繫二十枝筆，且盡心應副。閏月初九日，庭堅報張通處士。（《寶真齋法書贊》卷一五）

29 書簡帖

庭堅適蒙誨諭來日會食，以李婿、女子初一日欲解船，且欲家中相聚，願裁照。絶早欲往稟所遺至太平州人也。庭堅再拜。（《寶真齋法書贊》卷一四）

30 又

庭堅再拜。遠餉厨醞十器，仰荷不忘，感戢感戢！王君丐舟，既蒙有開納之意，即當以書喻之。所以未至前者，此自重之土，不敢輕發耳。輒復有一事溷左右：舍弟筠州判官公鎮，欲暫至雙井送給事叔父大葬，恐左右有驅使處，幸沿檄一歸。如可速得檄下，即及事爾。率易，恐悚恐悚！庭堅再拜。（《寶真齋法書贊》卷一四）

31 又

庭堅叩頭。今歲鄉中冬雪三日，大寒，不異北方，不審湖外何如。二十六娣縣君侍奉家母太君萬福。每蒙垂誨，感戢！承車從至潭府議役法，已定議否？聞李守長者，必允物情，役法因令小吏録示大概，幸甚。庭傑又往納婦，得無數爲翁費槖中金耳。四十五弟比性行稍柔矣，亦得給事院諸弟孝友恂恂，薰陶使然爾。惠貓兒頸筍，甚宜湯餅，但數承來賜，無以爲報耳。荔子一囊，漫助壽樽，古田紙四軸同之，輕瀆，愧悚。庭堅叩頭。

女睦兒相，並附起居。（《寶真齋法書贊》卷一四）

32 又

黔守曹供備，于此相顧亦勤勤，冬中當代去，有俸餘五百千，不審貴州能應副否？託不肖咨承，如蒙垂許，方敢作移文也。庭堅再拜。（《寶真齋法書贊》卷一四）

33 又

庭堅叩頭。頃有三縣量給雇船錢，已具太守牋中承稟，不審以爲何如？若但指揮三縣依例施行，則未有遭喪扶護水行朝旨，應副葬事者，恐須明與指揮爾。聞漕臺亦有意除破，無護各之心也。頃蒙差到兵級三十人，極濟泝流行李。比欲須葬事畢遣回，又以卜日在來年正月，恐不得久占在公之人，試煩頤指諭所司檢會舊例，或不可，則當盡遣迴。亦稟可否於太守牋中矣，伏幸裁之。私事浼溷非一，恐仄恐仄！庭堅叩頭上。（《寶真齋法書贊》卷一四）

34 又

庭堅再拜。弟姪經過貴部，過蒙恩卹甚厚，感激不勝情也。庭堅今夏得伯氏元明及小姪樸各到官，女子亦從其舅官明州，惟高卧對摩圍耳。孫子實得兩書，并割俸來，聞與其僚亦稍睦矣。子進有音問否？幾時當來？奇耦之數，想海陵老人具道之。人生行年六十，萬事可忘也，願遂意衛生而已。庭堅再拜。（《寶真齋法書贊》卷一四）

35 又

糟薑、石耳，薄物聊以將遠意，輕瀆，甚愧。從道書信已達，適爲渠女子病，未取得答，幸照督。庭堅頓首。（《寶真齋法書贊》卷一四）

36 又

庭堅頓首。比得七月半間元明在荆南平安書，計今已過葉縣矣。女子六月初已歸李德素家。家弟知命欲將小子及乳母，附一蘇堅宣義船至荆南，即謀泝峽以來，但未得近音耳。公代者爲誰，有音問否？黄甘可食未？書後三百顆，甚引領也。到蜀中來，嘗製錦否？有嘉錦欲得數尺，作一豹皮半臂，無，不固求也。彼有木工，爲作一抽替藥羅，長尺一，闊六寸許便可。此邦僻陋，欲作一藥匱，半年不能成也。寄錢五千，告指揮，盡數買綿，早得一人送來幸甚，須此而寒具周旋也。庭堅再拜。（《寶真齋法書贊》卷一四）

37 又

錫花青布漫寄一番，可寄陸安一笑耳。雙井二品，并以黔中都濡銙數十，恐尊前或須也。二莊客自此搭船至貴部，告勿久留，便令附船至夔，夔自託周掾遣行爾。庭堅再拜。有好棋盤乞一面，若只是摺疊者亦佳，但要金漆面明快耳。棕籠隨宜爲買一檐。細事不當數溷長者，煩李郎指畫，令一幹吏辦之。（《寶真齋法書贊》卷一四）

38 又

庭堅頓首。旅次無佐書吏，不能作牋，亦同舍，能略此瑣瑣也。來日暫借數人當謁，稍安集自可杜門，并令還直也。庭堅再拜。（《寶真齋法書贊》卷一四）

39 又

北物有所須，因來示諭。欲寄筆墨，適脅修行日，有公家事冗甚，别因監司，行寓書并信矣。庭堅頓首。（《寶真齋法書贊》卷一五）

40 又

庭堅頓首。相與有瓜葛，又世舊，今後惠書，可不煩作公銜也。當路諸公頗能相推挽，薦章有幾人矣？因書一二疏之。庭堅頓首。（《寶真齋法書贊》卷一五）

41 又

今日早食麵及粹飯，各能酌中一杯，自病來未始如此也。承續寄藥，感刻。忽憶堯夫在相府時，夏秋病暴下，至潁昌猶不寧，服附子、黄耆、竹瀝湯乃已，此佳也。堅腸散不知甚處合來，乃㕮咀藥耳。有虢州赤石脂否？因檢藥，惠黄耆二兩。庭堅再拜。（《寶真齋法書贊》卷一五）

42 又

（上缺）不厭，因其求書，寓題紙尾，他日五湖四海間相見，回思此時，亦足握手一笑也。（《寶真齋法書贊》卷一五）

43 與陳季常書

承諭老境情味，法當如此，所苦既不妨游觀山川，自可損藥石，調護起居飲食而已。河東夫人亦能哀憐老大，一任放不解事邪？（《容齋三筆》卷四）

44 又

審柳夫人時須醫藥，今已安平否？公暮年來想漸求清淨之樂，姬媵無新進矣，柳夫人比何所念以致疾邪？（《容齋三筆》卷四）

45 與興化海老帖

承觀音虚席，上司甚有意於清兄，清兄確欲不行，亦甚好。蟠桃三千年一熟，莫做退花杏子摘卻。此事黄龍、興化亦當作助道之緣，共出一臂，莫送人上樹拔卻梯也。（《羅湖野録》卷二）

46 與方蒙書

頃洪甥送令嗣二詩，風致灑落，才思高秀，展讀賞愛，恨未識面也。然近世少年多不肯治經術及精讀史書，乃縱酒以助詩，故詩人致遠則泥。想達源自能追琢之，必皆離此諸病，漫及之爾。（《後山詩話》）

47 答王子予

熟觀所惠書，詞意深厚。蓋足下天資高明，又居賢父兄珠玉之淵，宜其清潤光輝，不資於人而自熾矣，而求學問道之意常若不至。古之學大成者蓋如此，然不肖無以培益左右萬一。（《新編事文類聚翰墨大全》甲集卷九）

48 與公言通直帖

庭堅叩頭。辱答教，極荷勤懇。本往乞一小盂子研旁洗筆，祇□□盞來闊，略容半升許者爾。乃承□□□具及取付醪掖間瓶，甚愧受來賜重復也。或有所須，不外示諭。庭堅叩頭上公言通直執事。（《石渠寶笈初編》卷一。又見《故宮週刊》第一七册，徐邦達《古書畫過眼要録》頁三〇二。）

49 與德輿帖

昨夕赴君宜家飲，爲諸子虐酒，大醉不能語，今日頭猶岑岑未醒。浄人頗能道吾友過顧之詳，感愧感愧！經昔萬福，今早不須喫粥，便告通此同一鉢饡飯，仍攜新斲七弦來，一洗病耳，如何如何？堅拜手德輿賢友足下。東坡諸書一借。（故宫博物院藏帖）

50 答淮海居士書[一]

某頓首復書太虛足下：某比過高郵，始得足下姓名於所書舅氏埋銘中。後遊金山，過參寥師，愛其温粹有文，然未知與足下善。參寥至京，久而復見，自言與足下遊最舊。一日，出足下所爲詩并雜文，讀之，其辭雄偉閎麗，言近旨遠，有騷人之風，且誦且歎，欣然如獲明珠大璧。德非隋侯，識非卞和，未敢謂能辨之，然磊落奇怪，動人耳目，固已知其爲希世之寶矣。他日以示一二同舍，皆咨嗟愛玩，然後信其真靈蛇之珠、荆山之璞也。方其時，雖未識足下面，而心亦已相親，因其文而想見其人，余固知足下之爲也。既而辱顧敝廬，未及再見，而行李已東。繼辱枉書，中敘未嘗相求而相知之意，以謂有古人之風，此非固陋之所敢當。雖然，吾二人者皆與參寥以相得，雖異乎世俗之相求，蓋所因者賢也。又蒙示以詩賦文記七篇，益見文章之富，擴而充之，何所不至，又區區竊望足下於他日也。久欲以書敘萬一，都城多故，每以事奪。足下既相期以古人之誼，則疏數淹滯，固未足道也。既日且留里中，或寓他郡。春寒，眠食佳否？未獲晤對，嚮風馳切。千萬。（嘉慶《高郵州志》卷一一上）

〔一〕此文惟見於嘉慶《高郵州志》，未知其真僞，姑存此備考。

51 與人帖

庭堅頓首。伏承遠歸，道塗之勤，未得休息，而躬料湯藥，至輟寢膳。竊惟起居不適，幸有安平之候，想遂釋然矣。時雨沾足，春風妍暖，想同家母萬福，民有食麥之慶，令嗣長官亦得申眉矣。亟作此狀候服藥者〔一〕，安問極不周至，續亦别通啓左右矣。庭堅再拜。

（《趙氏鐵網珊瑚》卷三。又見《珊瑚木難》卷三、《六藝之一録》卷三九三。）

〔二〕亟：原作「函」，據《珊瑚木難》改。

52 與庭誨監簿書

經宿，伏惟安勝。聞有摹本《捕魚圖》，暫借。庭堅頓首庭誨監簿。（《三希堂法帖》第一三册）

53 與无咎通判書

庭堅叩頭。比因南康簽判李次山宣義舟行，奉書并寄雙井，計夏末乃得通徹耳。急足者伏奉三月六日手誨，審别來侍奉萬福，何慰如之！惠寄鮑詩、《揚州集》，實副所望。廣陵四達之衝，人事良可厭，又有送故迎新之勞，計得近文字之日極少，然旨甘之奉易豐。又弟甥在親前，此亦人生極可意事。且主人相與，平生傾倒，餘復何言。聞説文潛有嘉除，甚慰孤寂，但未知得何官耳。山川悠遠，臨書懷想不可言，千萬爲親自重。樽前頗能剛制酒否？每思公在魏時多小疾，亦不能忘念。不次。庭堅叩頭上无咎通判學士老弟。五月五日。（《宋人法書》第二册。又見《三希堂法帖》第一三册、《石渠寶笈續編》。）

54 與齊君書

庭堅頓首。兩辱垂顧，甚惠。放逐不齒，因廢人事，不能奉詣，甚愧來辱之意。所需拙字，天涼意適或能三二紙，門下生輒又取去。六十老人，五月揮汗，今實不能辦此，想聰明可照察也。承晚涼遂行，千萬珍愛。象江皆親舊，但盛暑非近筆硯時，未能作書，見者爲道此意。庭堅頓首齊君足下。（《石渠寶笈三編》）

55 與明叔同年書

藏鑼見貸，已領，甚愧瑣屑奉煩。許同東玉見過，甚惠。《寶藏論》一册送去，試讀一遍如何？因爲黏綴一雅青紙莊嚴之，幸甚。庭堅頓首明叔同年家。（《石渠寶笈續編》）

56 書寄祝有道

柳開爲叔母穆夫人墓誌，其間書月旦望叔母拜堂下，即上手低面，聽奉我皇考告戒之曰：「人家兄弟無不義者，蓋因娶婦入門，異姓相聚，争長競短，漸漬日聞，偏愛私藏，以至背戾，分門割户，患若賊讎，皆婦人所作。男子有剛腸者，幾人能不爲婦人言所惑？吾見多矣,若等寧是耶?」退即惴惴閉息,恐然如有大誅責,至死不敢道一語,爲不孝事,開輩賴之得全其家也。(《古今事文類聚》後集卷八)

57 爲席子擇助喪告同志啓

富者不仁,理難共語;仁者不富,勢難獨成。百足之蟲,至死不僵,以扶之者衆也。願與諸君同力振之。(《鶴林玉露》卷一)

58 謁子允刺字

庭堅奉謝子允學士同舍。正月日,江南黄庭堅手狀。(《游宦紀聞》卷一)

59 回定書

門單地薄,實淺聲浮。所通婚姻,多出平素。賢郎七先輩行義修於鄉黨,才華秀於士林。枝葉從僊李而來,閥閲有英公之舊。家弟之女,未閑於教,僅若而人。豈圖蘋蘩之求,乃及菲葑之陋。伏蒙委以書幣,告之話言。泉水流於淇門,雖容比義;女蘿施於松上,實愧攀高。不獲終辭,靦然拜辱。(《五百家播芳大全文粹》卷八六。又見《婚禮新編》卷四。)

宋黄文節公全集·補遺卷第八

贈序

1 送章上人南游序

有恭禪師，玉山人，年七十餘，昨聞在鼎州萬壽過夏，有辰州明助教者奉事極有終始。計恭公迄今只在鼎、澧間。往作南禪師侍者二十一年，能談先達風範氣味，且往依棲，決定不虛過日月。紹慈禪師亦廣西人，今住分寧之玉溪。此人法中龍象，雖法嗣東林總公，其實有周金剛、陳老師鉗椎鑪鞴，但人天福報差薄，又狷急不耐事耳。若爲道而往，雖遇逆境，亦未知斷臂搭眼睛也。黄龍巷頭心禪師、住黄龍肅禪師、泐潭文禪師、雲巖悟新長老、黄龍惟清首座〔一〕，此不可取老夫口定，自須急著眼筋看取。元符元年八月癸卯，退聽堂送峨眉章上座南游。（《豫章先生遺文》卷二）

〔二〕惟清：原作「惟新」。按惟清繼其師祖心住持黄龍，爲黄庭堅至交，本書屢見。「新」字乃承上而誤，今改。

2　贈黄成之序

予之竄嶺南，道出衡陽，見主簿君益陽黄成之，問宗派，乃同四世祖兄，於是出嫂氏子婦相見。喟然念高祖父之兄弟未遠也，而殊鄉異井，六十歲而後相識，亦可悲也！（《山堂肆考》卷一〇〇。又見《淵鑑類函》卷二四五。）

3　贈通川令韓廣叔文

惟勤能辦公家，惟清能律奸貪。吏嚴而信則吏不病民，簡而敏則民多在野。（《輿地紀勝》卷一七一）

4　臻師字序

公名道臻，而字不甚宜稱，輒奉改爲仁甫。仁者，我如來之道號也。甫者，大丈夫之稱也，落髮去飾好，擺脱世緣，固將爲大丈夫事耳。字曰仁甫，言其至道閫域乃能如是，且贊且勸也。願公引鏡照影，已作此形段，豈可畜妻養兒女、打鷄狗過日耶？一日會當一刀兩段，與數百千令妹尼人，從人摇頭擺尾，向南方道人報答，若深波牛弄風，豈不快哉！

（《豫章先生遺文》卷二）

序跋

5　書江西道院賦後

往在江南所作。來黔戎之間已五年，不復記憶。會夔州李元中自内地來，得高安石本，故復得之。王周彦求作大字，遂書此賦。有民社者觀之，或有補萬分之一耳。（《豫章黄先生外集》卷九）

6　書枯木道士賦後

比來子由作《御風詞》〔一〕，以王事過列子祠下作，猶未見本。問子瞻文作何體，子瞻云：「非詩非騷，直是屬韻《莊周》一篇耳。」晁无咎作《求志》一章，子瞻以爲《幽通》當北面也。此二文他日當奉寄〔二〕。閑居當熟讀《左傳》《國語》《楚詞》《莊周》《韓非》。欲下筆，略體古人致意曲折處，久之乃能自鑄偉詞，雖屈、宋亦不能超此步驟也。（《豫章黄先生別集》卷一〇。又見《山谷年譜》卷二四。）

〔一〕御風詞：原作「御風圖」，據《山谷年譜》改。

〔二〕他日：原無，據《山谷年譜》補。

7 書苦筍賦後

余生長江南，里人喜食苦筍。試取而嘗之，氣苦不可於鼻，味苦不可於舌，故嘗屏之，未始爲客一設。雅聞簡寂觀有甜苦筍〔一〕，每過廬山，常不值其時，無以信其説。及來黔中，黔人冬掘苦筍，萌於土中才一寸許，味如蜜蔗，而春則不食。惟僰道食苦筍，四十餘日，出土尺餘，味猶甘苦相半，覺班筍輩皆枯淡少味。蓋神農之所漏，有莘庖聖所未逮者邪！故作此賦，以曉蜀人。方苦筍時，𩜾薑和醯，然茅火中而薦之，日食百數，至老不可食而後已，未嘗能作病也。（《豫章黄先生別集》卷一〇。又見《山谷年譜》卷二七。）

〔一〕簡寂觀：原作「管寂觀」，據《山谷年譜》改。

8 跋子瞻題子明詩後

老道士，蓋子瞻之從叔蘇慎言也。今年有孫汝楫，登進士第。東坡自云飲三蕉葉，亦是醉中語。余往與東坡飲一人家，不能一大觥，醉眠矣。魯直題。（《蘇文忠公全集》卷六八附。又見《東坡題跋》卷三，《古今法書苑》卷四二。）

9 失題

草書祇要有筆，霍去病所謂「不至學古兵法」者爲過之。魯直書。（《蘇文忠公全集》卷六九《跋黃魯直草書》附）

10 題江南祝翁畫像[一]

祝翁初爲儒生，不能令人輕輕，棄而治生，遂爲陶朱、猗頓。以其資資子弟，使爲儒生，有知名者。以其餘作佛事，爲子弟種德，其費不貲，不吝不悔。人材各當用其長，何必讀書，然後爲學？翁之子曰林宗，與余弟知命游，相歡也。又爲余道友成都之六祖範禪之檀越，奔走先後，不避寒暑。觀子知父，真可人哉！元符三年八月甲寅，山谷老人書。（《豫

章先生遺文》卷二)

〔一〕原題作《江南祝翁真贊》，與文體不符，今改題。

11 刻杜子美巴蜀詩序

自予謫居黔州，欲屬一奇士而有力者，盡刻杜子美東西川及夔州詩，使大雅之音久湮没而復盈三巴之耳。而目前所見，録録不能辨事，以故未嘗發於口。丹稜楊素翁拏扁舟，蹴犍爲，略陵雲，下郁鄢〔一〕，訪余於戎州，聞之欣然，請攻堅石，摹善工，約以丹稜之麥三食新而畢，作堂以宇之。予因名其堂曰大雅，而悉書遺之。此西州之盛事，亦使來世知素翁真磊落人也。(《豫章黄先生文集》卷一六。又見《國朝二百家名賢文粹》卷一六一，《永樂大典》卷九〇五。)

〔一〕郁鄢：原作「郁鄢」，考證見本書《正集》卷二二《故僰道廖君畫像贊》篇校記。

12 書自書楞嚴經後

崇寧元年三月己卯，自分寧來，宿萬載之廣慧道場。會前宜春令陳日休燭下出此書相示，熟視之，幾如前世事昧昧耳。紹聖初得罪，竄棄黔中，度巫峽、鬼門關。或題關頭曰：「自此以往，更不理爲在生月日。」某顧伯氏元明而笑，元明蓋愀如也。建中靖國元年三月，下鬼門關，因戲題云：「人言生入鬼門關，更不理爲在生日。雖從乙酉到庚辰，老夫明年五十七。」今觀此字，似是十年前書，當時用筆皆不會予今日手中意。古人所論，《莊子》「藏山於澤，有力者負之而趨」，蓋言前山非後山；孔子「逝者如斯夫，不舍晝夜」，蓋言前水非後水。審解此意，則此書定非予書也。（《豫章先生遺文》卷九）

13 書贈張大同

外甥張大同以此紙來乞小楷。此高紙，不宜小字，老夫又臂痛眼花，聊作墨戲以塞白，且免永沈苦海。元符三年十二月己亥，懷古亭中書。（《豫章先生遺文》卷九）

14 書自作小楷後

知命無恙時，曰少年以此紙軸來乞書，余即爲書數紙。既而多事，此書沉没亂書中不得見。今日在福溪道中偶尋得，對之悽然，因爲書徹。（《豫章先生遺文》卷九）

15 書子瞻松醪賦後

文章雲起風生，筆力山崩海立，非東坡先生，其孰能之！崇寧元年四月乙巳，蕭明之

追余於太平山，書此。某甥洪炎同觀。（《豫章先生遺文》卷九）

16 書製錦堂牌

某初至邑中，士大夫争求余易此榜。某徘徊觀潘榜筆法清勁，不當易也，乃令重粉飾焉。崇寧甲申四月，山谷老人書。（《豫章先生遺文》卷九）

17 書薄薄酒歌後

此詩作已十餘年，環中云平生愛之，欲歸江南，要我手寫，燭下忍病眼書此。元祐三年四月庚辰。（《山谷年譜》卷八）

18 又

元符三年八月甲寅，外弟張介卿青神尉廳之東齋，晝寢起，介卿出此紙云，膠西趙正叔乞書。偶案上有墨瀋，遂書滿紙。涪翁者，江南之山谷老人也。（《豫章先生遺文》卷九）

19 書大悲頌贈法源

元符二年十二月壬戌，夜漏下三刻，有雲無月，天寒欲雪。觀書者石存、弟衮、亢、壯、

壽、馬景純、蔡相、道人宗鵬。付寶月之曾孫法源。（《豫章先生遺文》卷九）

20 書自草書古樂府後〔一〕

共城張載熙，名家子，能官而好文，尤喜筆札。自以平生好余書，但見碑板，以余喜其弟，故以連州藤紙兩大軸來乞行草書〔二〕。會予遷次宜州城中，土木之功紛然作於前，不能有佳思，桂州人日日求去。窗間屏事書此，心手與筆俱不相得，譬如稺子畫沙上書耳。四年正月乙亥，喧寂齋日斜矣。（《豫章先生遺文》卷一〇）

〔一〕此篇《正集》卷二六載入《跋與張載熙書卷尾》第二篇中，文末不署時地，據内容觀之，疑《正集》誤，今仍兩存備考。

〔二〕連州藤紙：原作「連月藤」。據《正集》卷二六改。

21 書韓文公進學解後

元符三年三月丁亥，戎州城南僦舍中，書罷，鷄欲棲矣。（《豫章先生遺文》卷一〇）

22 書雙林十偈

成都僧法鐙年少骨鯁，隨緣能立事，它日必不爲庸中佼佼者。然在成都荆棘林中，余懼其三跳不出，故書《雙林十偈》遺之。渠胸中了了，豈用老夫過計，但以眼前所見，聰明衲子盡爲狐臭秃婢埋没卻，故作千萬珍重語耳。若圓明窣堵波事畢，徑入六祖堂中，決定完得戒體，它日成舍利數斗。（《豫章先生遺文》卷一〇）

23　書十勸七佛偈遺李夫人

予聞李元叔母夫人精勤佛事，春秋雖高，多蔬食以奉香火。故書傅大士《十勸七佛偈》，勸之持誦，以開彌勒下生聞道之緣。紹聖二年二月乙未，荆南承天寺中書。（《豫章先生遺文》卷一〇）

24　題山松

翰林畫工近年稍稍有超格者，如蔡待詔《寒林》，不易得也。往歲觀啓聖院老僧室中數壁，落花流水，鵁群隨水波於杏花中，動植物皆工，乃是翰林畫工所作，近世待詔頗吴蜀矣。（《豫章先生遺文》卷一一）

25　跋歐陽永叔書

歐陽文忠此兩小帖用筆極佳。（《豫章先生遺文》卷一一）

26 跋劉夢得五題

白樂天稱劉夢得《金陵五題》在在處處常有神靈擁護。（《豫章先生遺文》卷一一）

27 跋自書玉京軒詩

將旦起坐，復得長句，匆匆就竹輿，不暇寫。歲行一周，道純已凋落，爲之隕涕，故書遺超上人，可刻石於吾二人醉處，它日有與予友及道純好事者尚徘徊碑側。元祐六年大寒，黄庭堅書。（《山谷年譜》卷二二）

28 跋荆州爲興上人書贈鄭郊詩

癸亥歲，予解官太和，過武寧，聞清上人當來延恩，因謁鄭子通問消息，題詩子通之壁。草堂，鄭郊處士隱處也。（《山谷年譜》卷一七）

29 跋自書揚州戲題詩

余往年過維揚，時小吕申公作守。席上問申公紅藥開早晚，因戒一牙吏走向土廟探

花，還報云：花蓓初大如指面。歸而作小詩。（《山谷年譜》卷一七）

30　跋戲答俞清老寒夜三首

東坡屢哦此詩，以爲妙也。元祐四年歸自門下省，書於酺池寺南退聽堂上。（《山谷年譜》卷二五）

31　跋老杜詩

老夫今年四十五，不復能作詩，它文亦懶下筆，欲學詩，老杜足矣。（《山谷年譜》卷二五。又見《黄豫章外紀》卷五。）

32　跋自書詠姚花詩

元祐四年春末，偶入竇高州園，園中闃然，花之晚開者皆妙絶。群木陰中，姚黄數本初開，不數日，當零落草根，因折取二本，獨賞於門下後省。其一歸李公擇，其一歸王仲至。仲至作四詠，因同韻作。仲至詩規模甚遠，不與當時同律，故罕知音云。六年五月乙丑，同忠玉，宗玉乞飯乞浴於淨照道人所，愛此紙宜筆墨，書此以消飯。（《山谷年譜》卷二五）

33 跋重書題大雲倉達觀臺詩

永利禪寺東偏，遵微徑，攀古松，登高丘，四達而平，所瞻皆數百里。問其地主，曰戴器之。器之置酒，命歌舞者二三，時與鎮官蘇臺范光祖同賞焉。余既去，越三年，聞器之以疾不起，但增感歎爾。山徑荒蕪，好事者遠聞而來，或不得一登而去。問其故，曰：「更數尉，以爲臺上窺見其室家，故鍵閉而藏其鑰。」余笑曰：人家不過有五七婦女，亦當在室屋中作女工事，豈常鋤耘於後圃耶？州西醋池寺僧伽浮屠高三百六十尺，下見親賢宅，旁見禁中，游人以時登，未聞官典其鑰也。岳陽樓下瞰郡官數家，游者無虚日。特未之思耳。余流落夔梓間九年而歸，見智遠長老莊嚴此院，甚有意思。而詩以經元符間掊擊不存，臺上石刻聞尉公密令鑾生碎之。復來求本，故書遺之，并紀敘鍵閉游人之意，冀即識者能思之耳。崇寧元年五月朔，黄庭堅書。（《山谷年譜》卷二六）

34 跋所書老杜詩

元符三年五月己卯，僰道尉汲南玉置酒荔枝陰中，同盤者廖致平、石信道、成履中、史慶崇、張晦叔、楊中玉、黄魯直。食罷，追涼於安詔亭，投壺奕象，置涼榻而卧。南玉出天

台紙，緊滑宜書，故書。（《山谷年譜》卷二七）

35 跋所書梁父吟

元符三年十二月癸卯，將發戎州，舟人湯瀦賽武侯，久之不還，艤船鎖江亭下書。山谷道人時聞復朝請郎、知舒州，而未被受。是日天大寒，留滯追送之客廿許人在江滸。（《山谷年譜》卷二七）

36 跋手書雨中登岳陽樓望君山詩

崇寧之元，正月二十三日夜發荆州，二十六日至巴陵。數日陰雨，不可出。二月朔旦，獨上岳陽樓，太守楊器之、監郡黄彦并來，率同游君山。行二十里螺蚌中乃至。見住持僧年八十，跛曳而出。登其絶頂，環望積水數百里，實壯觀也。有野馬二十餘群，游平澤中，猿猴輩出，上下松楠間，景氣甚野。（《山谷年譜》卷二九）

37 跋草書卷

崇寧元年七月甲午，繫舟達觀臺下待舒城家問。朝涼，戲作此卷。（《山谷年譜》卷二九）

38 跋自書東坡乳泉賦

紫極宫道士胡洞微明之，少入道於廬山康王觀，嘗從容趨事余伯祖父寳之。寳之，人豪也，少名茂先，故往時江淮之間詩云：「江南黄茂先，江北段少連。」明之猶能道其言論風旨，故其見余喜甚，相從忽忘日暮也。東坡公所作《乳泉賦》，數百年之文章也。明之又好東坡，故書遺之，可深藏以待識者。崇寧元年八月己未，泊舟琵琶亭西書。（《山谷年譜》卷二九）

39 重書法輪古碑跋

大明本名惠遠，思大禪師之孫。與虞世南、李百藥、岑文本爲方外之友，三人皆爲作碑銘，幸岑中書之文僅存，又爲不解事僧傳於石刻敗剥之，幾不可讀矣。而法輪寺住持禪師景齊來予刊定，且乞書而刊之。師，金陵蔣山中人，嘗入予方外之師晦堂心公之室，謂我爲同門，蓋嘗參《字説》於王荆公。其人通達辨識，欲有所爲，人不能泥也，故欣然爲之書。法輪寺自晉至唐貞觀中，雖既廢復興，皆號龍雲寺。中間改號金輪，而無文記可尋，意武后時所改耳。其號法輪，則太平興國五年敕書也。崇寧三年二月丙寅，修水黄庭堅書。（《山谷年譜》卷三〇。又見光緒《南岳志》卷二三。）

40 題東坡晁君成詩引後

楚人曰：「老冉冉其將至兮，恐修名之不立。」吾觀世人齎恨以蓋棺者，可勝道哉！人生四十，心固自會，從事於道德之日久矣，訖以不幸，君成之志可悲也夫！前日曹蜍、李志雖無恙，奄奄常如九泉下人；廉頗、藺相如没向千載，凜凜尚有生氣。士有隔存没而相知，豈獨考其事業，蓋意氣相感爾。山墜而鐘鳴，虎嘯而月暈，豈有使之然哉！（《國朝二百家名賢文粹》卷一九二）

41 題東坡拍板帖

此拍板以遺朝雲，使歌公所作《滿庭芳》，亦不惡也。然朝雲今爲惠州土矣。（《邵氏聞見後録》卷一九）

42 題陶弼詩後 全州

修水黄庭堅竄宜州，少休於此，觀商公五言，歎賞久之。崇寧三年五月癸酉，南風小

雨。（《鷄肋編》卷中）

43 跋自書煎茶賦

元符三年八月丁未，阻雨羌峽中，試嚴永棗核筆，以銷飽懣。此書似王定國，而差有意味。（《寶真齋法書贊》卷一五）

44 跋周紹邃本蘭亭序

王右軍《褉事詩序》，爲古今行正之祖。當時逸少自珍此書，故作或肥或瘦不同，要其書法異爾。今之書或喜肥疾瘦，殆不知而作也。予近於今之李翘叟家得硬黄臨《文賦》一卷，筆意清潤，是歐、虞、褚、陸輩臨右軍書，使善工者入石，可與《蘭亭》並行，但世人未深知爾。建中靖國元年四月庚申，荆江亭書。是日江水漲數尺。（《蘭亭考》卷五）

45 跋定武天字不全本蘭亭序

此《蘭亭詩敘》，筆意清峻和暢，佳石刻也。恨墨本者著墨瀋太深，失其微細筆畫耳。余舊有淡墨數本，頗見古人用筆起倒。兒輩不解珍惜，有乞書輒與之，今家書中幾一空

也。（《蘭亭考》卷六）

46 題右軍斫繪圖後

徐彦和送此卷，云是《右軍斫繪圖》。余觀此榻上偃蹇者，定不解書《蘭亭敘》也。右軍在會稽時，桓温求側理紙，庫中有五十萬，盡付之，計此風神，必有巖壑之趣爾。永思堂書。（《蘭亭考》卷八）

47 跋東坡書

子瞻少時學《蘭亭》，極遒媚。中年以來，筆墨重實，李北海未足多也。（《蘭亭考》卷九）

48 跋沈傳師嶽麓寺詩碑

沈傳師字畫皆遒勁，真楷筆勢可學，唯《道林嶽麓詩》殊不相類，似有神助。其間架縱奪偏正、肥瘦長短各有體。忽若龍起滄溟，鳳翔青漢；又如花開秀谷，松偃幽岑；或似枯木倒懸，怪石高墜。千變萬態，冥發天機，與其詩之氣燄往往勍敵。不問阿買之徒，即韓擇木、蔡有鄰不是過也。（《竹莊詩話》卷一四）

49 題所書元次山欸乃曲後

右元次山《欸乃曲》。欸音媪，乃音靄，湘中節歌聲。子厚《漁父詞》有「欸乃一聲山水渌」之句，誤書「款乃」，少年多承誤妄用之，可笑。（《八瓊室金石補正》卷九〇。又見宋胡仔《苕溪漁隱叢話》前集卷一九。）

50 書贈孟東野詩後

石君美有子年少而失，故書《孟東野》詩遺之，時以觀覽，可用亂思而紓哀。竟觀物理，其實如此，大概因果耳。退之救世弊，故并因果不言。然此一段文意，乃是《涅槃》中佛語爾。退之言不能無所不讀，未有能成大儒者，其弗能信矣乎〔一〕！（《永樂大典》卷九〇六。又見宋末廖氏世綵堂刻本《昌黎先生集》卷四《孟東野失子》詩注引。）

〔一〕弗：原作「佛」，據世綵堂《昌黎先生集》注改。

51 題所書韓退之符讀書城南詩後

眉山石信道請余書《符讀書城南》，將鑱諸家學，以爲後生擊蒙之器，其意甚美，故爲之書。或謂韓公當開後生以性命之學，不當誘之以富貴榮顯。涪翁曰：此熙寧、元豐間大儒之過也，又何學焉？孔子曰：「齊景公有馬千駟，死之日民無德而稱焉。伯夷、叔齊餓於首陽之下，民到於今稱之。」韓公之言，其於勸奬之功異趣而同歸也。黄口小兒得食未知饑飽，而使之談天人之際，此何異孺子學步，遂責之佩玉中和鸞采茨哉！信道歸刻之，勿疑空腹讓食之論可也。（《永樂大典》卷九〇六）

52 書東坡與蔡子華詩後

余來青衣，當東坡詩後十一年，三老人悉已下世，或見其兒孫甥姪耳。此邦士人恂恂，猶有忠厚之氣，蓋以前輩多老成耶。子華之孫汝礪持此詩來，時東坡猶在零陵，使人拊卷太息。元符三年九月庚辰，天少晴又欲雨，涪翁書。（《永樂大典》卷九〇七）

53 跋東坡書寶月塔銘

《塔銘》小字如季海得意時書。書字雖工拙在人，要須年高手硬，心意閑澹，乃入微耳。庭堅書。（《東坡題跋》卷四）

54 題所書唐明瓚禪師樂道歌後〔一〕

元符三年七月，涪翁自戎州泝流上青衣。廿四日，宿廖致平牛口莊，養正置酒弄芳閣。荷衣未盡，蓮實可登，投壺奕棋，燒燭夜歸。此字可令張法亭刻之。（《真蹟日録》卷二。又見《趙氏鐵網珊瑚》卷四，《珊瑚網・書録》卷五，《式古堂書畫彙考》卷一一，《吴越所見書畫録》卷三，徐邦達《古書畫過眼要録》第一册第二七七頁。）

〔一〕按諸書所載山谷此跋原在其所書「兀然無事無改換……」一篇詩歌之後，未注明爲何人詩。今查《景德傳鐙録》卷二〇，實爲唐南岳禪師明瓚（又稱懶殘）之《樂道歌》，因補題。

55 題所書坐禪箴後

志逢，餘杭人，貫通三學，嘗夢補彌勒處師子月佛者也。得法於紹國師。開寶初，老於五雲山華嚴道場。庭堅。（《珊瑚網・書録》卷五。又見《式古堂書畫彙考》卷一一。）

56 題所書庾信謝趙王賜酒詩後

庾信，字子山，南陽新野人。在周爲開府、義城公，與滕、趙諸王周旋款至，如布衣交。

趙王招，字豆盧突，好屬文，學庾信。楊堅輔政，將遷周鼎，招密圖之。要堅至第，飲於寢室，後院伏壯士，屢以佩刀割瓜啖堅。元胄覺變，附耳語，因馳出。庭堅。（《珊瑚網·書録》卷五。又見《古堂書畫彙考》卷一一。）

57 跋韓偓十一帖

余觀韓致堯出内庭後詩，忠義感激，詩語亦清壯，超一時體律，未嘗不歎賞也。今觀十一帖，字字筆到。亂離中借衣乞米，真復可憐。囑李右司狀情至，曲折可喜。元祐元年十月己亥，黄庭堅。（《式古堂書畫彙考》卷八）

58 跋范文正公手書道服贊

范文正公當時文武第一人，至今文經武略，衣被諸儒，譬如蓍龜，而吉凶成敗不可變更也。故片紙隻字，士大夫家藏之，世以爲寶。至其小楷，筆精而瘦勁，自得古法，未易言也。（《三希堂法帖》第八册。又見《仁聚堂帖》卷三，《范文正公集補編》卷三。）

59 跋書草卷（二）

此書草三紙在長安安師文家，其後兩紙别在師文弟師楊家，故江南石刻但有前三紙。

予頃在京師，盡借得此五紙，合爲一軸，令妙工以墨錦褾，飾以玉軸，極可觀矣。安家又有魯公《祭伯父濠州刺史文》《祭姪季明文》，皆天下奇書也。（《三希堂法帖》第十三册）

〔一〕按此或是跋顔魯公書草，前有顔魯公論魚軍容坐席帖一跋，略與此相類。

60 跋所書龍會遍參歌

元祐九年三月，問道於黄龍照堂老師，寄住默菴，澄甫上人持此紙來，爲雲居卧龍菴主希文乞大字。山谷道人書。（《秘殿珠林》第八八頁）

61 跋所書蘇軾海棠詩

子瞻在黄州作《海棠詩》，迨古今絶唱也，晦叔乞書，故爲落筆。魯直。（《石渠寶笈》卷四）

62 摹懷素草書寫僧文益語録跋尾〔一〕

此是大丈夫出生死事，不可草草便會。拍盲小鬼子往往見便下口，如瞎驢喫草様。故草此一篇遺吾友李任道。明窗浄几，他日親見古人，乃是相見時節。山谷老人書。（《石渠寶笈》卷二九。又見《式古堂書畫彙考》卷一一。）

〔一〕又名《諸上座帖》。

63 跋李公麟五馬圖

余嘗評伯時人物，似南朝諸謝中有邊幅者。然朝中士大夫多歎息伯時久當在臺閣，僅爲喜畫所累。余告之曰：伯時丘壑中人，暫熱之聲名，儻來之軒冕，此公殊不汲汲也。此馬駔駿，頗似吾友張文潛筆力，瞿曇所謂識鞭影者也〔一〕。黄魯直書。（《石渠寶笈續編》第二六九八頁）

〔一〕瞿曇：原作「瞿雲」，據文意改。按瞿曇指佛；鞭影，即鞭之影也。《五鐙會元》佛言：「如世良馬，見鞭影而行。」「雲」字誤。

64 跋行書

王略澤辭乞書，會予新病癰瘍，不可多作，漫書數紙，臂指皆乏，都不成字。若持到淮南，見余故舊，可示之，何如？元祐中黄魯直書也。建中靖國元年五月乙亥，荆州沙尾水漲一丈，堤上泥深一尺，山谷老人病起書也，須髮盡白。（《石渠寶笈三編》第三九七九頁）

65 跋王壽卿篆書

王魯翁嗜篆，一以李監爲師，行於四方，聞李監石刻之所在，無風雨晨夜。余未識魯翁，見壁題，曰：「是必陽冰之苗裔也。」已而果然。其論陽冰筆意，從老至少，肥瘦剛柔，巧拙妍醜，皆可師承，有味其言之也。余嘗戲魯翁：「杜元凱，左氏之忠臣；王魯翁，李監之上嗣也。」今世作小篆者凡數家，大率以間架爲主，李氏筆法幾絶。見魯翁用筆，可以酹陽冰之冢耳。山谷道人黄庭堅。（《山左金石志》卷一八。又見《金石索》、《濟南金石志》卷三。）

宋黃文節公全集·補遺卷第九

論説

1 論楊椿

元魏太保侍中楊椿戒其子孫曰：「我家入魏之始，即爲上客〔一〕。自爾至今，二千石方伯不絶。於婣親知故吉凶之際，必厚加助遺，來往賓僚必以酒肉飲食，故六親朋友無憾焉。然記清河翁時服飾唯布衣韋帶，常以自約敕諸父曰：『汝等後世若富貴於今日，慎勿積金一斤、采帛百疋以上，用爲富也。』又吾兄弟若在家，必同盤而食。若有近行不至，必待其還，亦有過中不食，忍飢相待。吾兄弟八人，今存者有三，是故不忍别食也。又願畢吾兄弟不異居異財。汝等眼見，非是虚假。聞汝等兄弟時有别齋而獨食者，又不如吾等一世也。吾今日不爲貧賤，然居住宅舍不作壯麗華飾者，正慮汝等後世不能保守之，方爲勢家所奪。北都朝法嚴急。太和初，吾兄弟三人皆居内職，兄在高祖左右〔二〕，吾與津在文明太后左右〔三〕。于時口敕責諸内官，十日仰密得一事，不則便大嗔嫌。諸人多有依敕密列者，亦有太后、高祖中間傳言構間者。吾兄弟自相戒曰：『今忝二聖近臣，居人子母之間，惟宜深慎。又列人事，亦何容易，縱被嗔責〔四〕，慎勿輕言。』十餘年間，未嘗言一人罪過。當時大被嫌責，對曰：『臣等非不聞人語，正恐仰誤聖聽，是以不敢言。』於後終以不言蒙賞。吾自惟，文武才藝、門望媚援不勝它人，一旦位登侍中、尚書，四歷九卿，十爲刺史、光禄大夫、儀同、開府、司徒、太保，逮今復爲司空者，正由中正謹慎，口不嘗論人之過，無貴賤待之以禮，以是故至此耳。聞汝等學俗人，乃有坐而待客者，有驅馳勢門者，有輕語人惡者，及見貴勝則敬重之，見貧賤則慢易之。如是行之，丈夫立身之大病也。汝家仕魏以來，高祖以下七郡太守、三十二刺史，内外顯仕，時輩少比。汝等但能存禮節，不爲奢淫驕慢，假不勝人，亦寡尤悔，足成名家。吾今年始七十，自惟氣力尚堪朝覲，所以孳孳求退者，正欲汝等知天下滿足之義，爲一門法耳，非是苟求千載下名。汝等能記吾言，百年後終無恨矣。」

椿字延壽，性謹厚寬裕，爲内給事，與兄播並同禁闈。文明太后之喪，孝文五日不食，椿諫曰：「聖人之禮，毁不滅性。縱陛下欲自賢於萬代，其若宗廟何！」帝感其言，乃一進粥。初，獻文世有蠕蠕萬餘户降附於高平、薄骨律二鎮，太和末叛，唯有二千餘家。太中大夫王通等求徙置淮北，詔椿徙焉。椿上書以爲：「裔不謀夏，夷不亂華，是以先朝居之荒服，欲悦近來遠。今新附者衆，若舊者見徙，新者必不安，愚謂不可。」時八坐不從，遂於濟州沿河居之。及冀州元愉之亂，果皆浮河赴賊，所在鈔掠，如椿所策。元顥入洛，子昱爲顥所禽，或勸椿攜家避禍，椿曰：「吾内外百口，何處逃避？正當安坐任運。」莊帝還宫，椿上書歸老，詔賜安車駟馬。椿奉辭於華林園，帝下御座，執手流涕。椿歔欷欲拜，帝親執不聽。

黔州開元寺寓舍怡偲堂閲舊書，鈔此一事付小子相收。清溪干吉老請書而入石。吉老孝友之士，欲斯文之行於人，使家有孝弟忠信之訓，其意甚美，故書遺之。元符二年十二月乙卯，山谷老人書。（《豫章先生遺文》卷五）

〔一〕自注：「祖真爲清河太守，母王氏，魏文明太后之外姑。」

〔二〕自注：「高祖孝文皇帝諱宏。兄即播，爲平東將軍。」

〔三〕自注：「文明太后馮氏，高宗文成帝之后。高宗没，獻文年十二，太后臨朝聽政。孝文立，尊爲太皇太后，津爲侍御史，後爲華州刺史。」

〔四〕嗔：原作「瞋」，據《北史》卷四一《楊椿傳》改。

2　張子野説

張子野年八十五，尚聞買妾。東坡倅杭，太守陳述古令坡作詩，云：「錦里先生自笑狂，莫欺九尺鬢眉蒼。詩人老去鶯鶯在，公子歸來燕燕忙。柱下相君猶有齒，江南刺史已無腸。平生謬作安昌客，略遣彭宣到後堂。」〔一〕（《豫章先生遺文》卷五）

〔一〕原注：「詩人謂籍。公子見《前漢》。相君，蒼。安昌，禹。皆張姓故事也。」

3　蹇驢帖

蹇驢材力下中，奉策周旋，不能百里，蒙被豹飾，文采蔚然。維鵜濡翼，《國風》所刺。僕人圉師，一日三褫。不堪龍象之任，僅爲麒麟之楦。顧影長鳴，畏我同皂。（《寶真齋法書贊》卷一五）

4　家誡

某自丱角讀書，及有知識，迄今四十年，時態歷觀。諦見潤屋封君、巨姓豪右、衣冠世族金珠滿堂，不數年間復過之，特見廢田不耕，空囷不給。又數年復見之，有縲紲於公庭者，有荷擔而倦於行路者。問之曰：「君家曩時蕃衍盛大，何貧賤如是之速耶？」有應於予曰：「嗟乎！吾高祖起自憂勤，噍類數口，兄叔慈惠，弟姪恭順。爲人子者告其母曰：無以小財爲争，無以小事爲讎〔一〕，使我兄叔之和也。爲人夫者告其妻曰：無以猜忌爲心，無以有無爲懷，使我弟姪之和也。於是共卮而食，共堂而燕，共庫而泉，共廪而粟。寒而衣，其幣同也；出而遊，其車同也。下奉以義，上謙以仁，衆母如一母，衆兒如一兒，無爾我之辨，無多寡之嫌，無私貪之欲，無横費之財。倉箱共目而斂之，金帛共力而收之。故官私皆治，富貴兩崇。逮其子孫蕃息，妯娌衆多，内言多忌，人我意殊，禮義消衰，詩書罕聞，人面狼心，星分瓜剖。處私室則包羞自食，遇識者則强曰同宗。父無争子而陷於不義，夫無賢婦而陷於不仁。所志者小，而所失者大。至於危坐孤立，患害不相維持。此其所以速於苦也。」某聞而泣之。家之不齊，遂至如是之甚，可誌此以爲吾族之鑑。因爲常語以勸焉，吾子其聽否？昔先猷以子弟喻芝蘭玉幹生於階庭者，欲其質之美也；又謂之龍駒鴻鵠者，欲其才之俊也。質既美矣，光耀我族，才既俊矣，榮顯我家，豈宜偷取自安而忘家族之庇乎！漢有兄弟焉，將别也，庭木爲之枯；將合也，庭木爲之榮。則人心之所叶者，神靈之所祐也。晉有叔姪焉，無間者爲南阮之富，好異者爲北阮之貧。則人意之所和者，陰陽之所贊也。大唐之間，義族尤盛。張氏九世同居，至天子訪焉，賜帛以爲慶。高氏七世不分，朝廷嘉之，以族閭爲表。李氏子孫百餘衆，服食器用，童僕無所異。黄巢、禄山，大盜横行天下，殘滅人家，獨不劫李氏，云不犯義門也。此見孝慈之盛，外侮所不能欺。雖然，古人陳迹而已，吾子不可謂今世無其人。德安王兵部義聚百餘年，至五世，諸母新寡，弟姪謀析財而與之，俾營别居。諸母曰：「吾之子幼，未有知識，吾所倚賴，猶子伯伯叔叔也，不願他業。待吾子得訓經意，如禮數足矣。」其後姪子官至兵部侍郎，諸母授金冠章帔，人皆曰：「諸母其先知乎，有助耶！」鄂之咸寧有陳子高者，有腴田五千，其兄之田止一千，子高愛其兄之賢，願合户而同之。人曰：「以五千膏腴就貧兄，不亦卑乎？」子高曰：「我一身爾，何用五千？人生飽煖之外，骨肉交歡而已。」其後兄子登第，官至太中大夫，舉家受廕，人始曰：「子高心地吉，乃預知兄子之榮也。」然此亦人之所易爲也，吾子欲知其難者，願悉以告。昔鄧攸遭危厄之時，負其姪而逃之，度不兩全，則託子於人，而寧抱其姪也。李充在貧困之際，昆季無資，其妻求異，遂棄其妻，曰：「無傷我同胞之恩。」人之遭貧遇害，尚能爲此，況處富盛乎！然此予聞見之遠者，恐未可以信人，又當告以耳目之尤近者。吾族居此四世矣，未聞公家之追負，私用之不給。泉粟盈儲，金朱繼榮，大抵禮義之所積，無分異之費也。其後婦言是聽，人心不堅，無勝己之交，信小人之黨，骨肉不顧，酒䴵是從。乃至苟營自私，偷取目前之逸，恣縱口體，而忘遠大之計。居湖坊者不二世而絶，居東陽者不二世而貧，其或天歟？亦人之不幸歟？吾子力道聞學，執書册，以見古人之遺訓。觀時利害，無待老夫之言矣。於古人氣概風味，豈特髣髴耶？願以吾言敷而告之，吾族敦睦當自吾子起。若大子孫榮昌，世繼無窮之美，則吾言非小補哉！誌之曰《家誡》。時紹聖元年八月日書。（《豫章先生遺文》卷五。又見《戒子通録》卷六。）

〔一〕 齟：原作「酬」，據《戒子通録》改。

題記

5 中興頌詩引并行記

崇寧三年三月己卯，風雨中來泊浯溪。進士陶豫、李格、僧伯新、道遵同至《中興頌》崖下。明日，居士蔣大年、石君豫，太醫成權及其姪逸，僧守能、志觀、德清、義明、崇廣俱來。又明日，蕭褎及其弟裒來。三日徘徊崖次，請予賦詩。老矣，豈復能文，强作數語。

惜秦少游已下世，不得此妙墨劖之崖石耳。修水黄某字魯直，諸子從行相、棁、相、梠，春陵尼悟超。（《豫章先生遺文》卷一二。又見《豫章黄先生别集》卷一一，《山谷年譜》卷三〇，道光《永州府志》卷一八中。）

6 灊山題名 元豐三年十二月

建康李參、彭蠡李秉彝、秉文、磁湖吴擇賓、華陽丘楫、豫章黄庭堅，歲庚申，日小寒，過飯，而西上灊峰，謁司命。所過道人寢室將十區，便房曲閣，所見山皆不同，輒有佳處。行憩寶公井，瞻禮粲禪師塔，坐卧傅巖亭下，下酒島，歸宿曉老生生堂西閣下，夜漏十刻所。（《山谷年譜》卷一〇）

7 石門寺題名記

晚到石門，秋氣正肅。斜日在青苔上，冷光翻衣袂。此地憶康樂「迴溪淺瀨，茂林修竹」語，使人意遠。（《名山勝概記》卷一九）

8 書青牛篇題名 元豐三年十二月

李參、李秉彝、秉文、吴擇賓、丘楫觀余書《青牛篇》。庚申小寒。（民國《安徽通志稿・金石

古物考》卷一二）

9 彭澤縣題名 紹聖元年六月

紹聖元年六月八日，來謁石興宗，李幾道在焉。尋勝至此，休於橘陰者久之。伯氏元明、舍弟天民將姪樸、桓自微徑來。江西黄庭堅魯直記。（《山谷年譜》卷二六）

10 彭澤讀書巖題字 紹聖元年

尉石興宗諸子讀書巖中，號「竹林三少」，故予爲立巖名。興宗名振，三少謂忞、憑、悠。（《山谷年譜》卷二六）

11 池州齊山焦筆巖題名 紹聖元年九月

江西黄大臨，弟庭堅、叔獻、叔達，子樸、相、梲，孫杰，紹聖元年九月辛丑泛舟同來。（《山谷年譜》卷二六）

12 題名石刻 紹聖元年

宋紹聖元年辛亥〔一〕，同真浄禪師煮茗此上。南昌黄庭堅題。（嘉慶《四川通志》卷五九）

〔二〕按紹聖元年乃甲戌，此當脱某月。《四川通志》録此文于金石門遂寧縣下，并按云：「字大如拳，如蝌蚪文，山谷書所僅見者。」

13 巫山縣漢鹽鐵盆記

余弟嗣直來攝邑事，堂下有大鹽鐵盆，有款識，蓋漢時物也，其末曰永平七年。（《輿地紀勝》卷一六八）

14 黔州報恩寺街觀水

涪翁晚策杖至此觀江漲，雨餘天欲晴。（《豫章先生遺文》卷一二）

15 黔州題名

楊皓明叔、任棐子修自城西來，會于石間。涪翁題。（《八瓊室金石補正》卷一〇七）

16 遊戎州無等院題名

元符始元重九日，同僧在純，道人唐履，舉子蔡相、張溥，子相、姪桓步自無等院，登永安門，遊息此寺。同僧惟鳳、修義、居泰、宗善觀甘泉甃井回，乃見東坡道人題云。低徊其下，久之不能去。責授涪州别駕、戎州安置黄庭堅魯直書。（《山谷年譜》卷二七）

17 嘗鎖江荔枝題名

太守劉廣之率賓僚來嘗鎖江荔枝。同來者廖琮致平、張宗道源、徐確天隱、石諒信道、成節履中、文抗少激、史禧慶崇、汲□南玉〔一〕。元符三年五月戊寅，黄庭堅魯直題。柘枝頭荔子一木四柯，西南一柯獨肉厚而味甘。（《山谷年譜》卷二七）

〔一〕文抗少激：原作「文□少」。又「汲」字原缺。按《山谷年譜》卷二七，山谷在戎州交遊者有文抗，字少激，又有史慶崇、汲南玉，今據補改。

18 戎州鎖江磨巖留題

元符三年五月戊寅，太守劉廣之率賓僚來嘗鎖江荔枝。（《山谷年譜》卷二七）

19 虎跳題名

涪翁既作武昌鹽史，會江漲不能下峽，乃拏舟至青神省姑氏。元符三年七月辛卯，次虎跳，王潁叔泉起擊堯釃酒。同之者廖養正兄弟姪五人、楊咸孺、祝有道、道人慈元、孫叔慈。泉起臨江作大樓閣，舍西澗泉濺濺，會於石渠，常作風雨聲。久居城市，至此令人忘歸。他日松竹成陰，鑿坎種蓮乃盡之。（《山谷年譜》卷二七）

20 慈姥巖題記

元符庚辰歲秋多雨，其八月戊午晴，遊慈姥巖，禮諾巨那尊者。巖下有泉，發山足，奔突，色如乳而味甘，取之不竭，豈巨那所奉供耶？余因竭其舊水，浣滌見石，少焉復盈坎，淲淲投澗中喚魚潭。投齋餘飯，魚出食者數百，見人不驚。（《蜀中廣記》卷一一。又見《補續全蜀藝文志》卷五六，嘉慶《四川通志》卷一九。）

21 中巖題名

元符三年九月己巳，王元直攜酒，帥楊君全、景山，酌張子謙、介卿、黄魯直於慈姥之東堂。（《山谷年譜》卷二七）

22 瀘州中壩葛氏竹林留題

江南黄庭堅自僰道蒙恩放還，元符三年十二月道出江安，江安宰石諒信道以親親見留作歲。建中靖國元年正月丙寅，置酒中壩葛氏之竹林而别。（《蜀中廣記》卷一六。又見《山谷内集詩注》附《年譜》，嘉慶《四川通志》卷五六。）

23 香山寺行記

太守高仲本率南昌黄魯直、埶江譚處道同來。遠水喬木，僧房高下，景物清絶，爲夔路第一。建中靖國元年二月庚申微雨中來，庭堅書。（《全蜀藝文志》卷六四。又見萬曆《四川總志》卷三六，《名山勝概記》卷四二，《古今遊名山記》卷一五。）

24 石笥上行記

江通濟道、吕珣東玉、黄庭堅魯直同來。建中靖國元年三月。（《全蜀藝文志》卷六四）

25 三游洞題名

黄庭堅、弟叔向、子相、姪陵同道人唐履來遊。觀辛亥舊題，如夢中事也。建中靖國元年三月庚寅。（范成大《入蜀記》卷六。又見《湖北金石志》卷九。）

26 題太平州後園石室壁

郭功父、黄魯直、高大忠、馮彦擇同酌桂漿於此。楊姝彈《風入松》《醉翁吟》，有林下之意。琴罷，竇薰郁郁，似非人間。崇寧之元季夏之丁未。（《豫章先生遺文》卷一〇）

27 朝陽巖題名

崇寧三年三月辛丑，徐武、陶豫、黄庭堅及子相、僧崇廣同來。（洪武《永州府志》卷七。又見《八瓊室金石補正》卷八五。）

宋黄文節公全集·補遺卷第十

雜文

1 雜論〔一〕

外道子弟尸利毱多以毒和食，請佛及衆齋。佛知，亦許之。佛告大衆，待阿難咒然後得食。乃令阿難臨飯唱《三鉢羅佉多》，於是大衆食毒飯，竟無所害。余臨峽中，人事非其鬼，喜於食中毒人，凡得食者，可先念佛唱《三鉢羅佉多》，然後食。

余嘗爲嗣直碾建溪，因論其滌煩破睡之方，爲之甲乙。蓋建溪如割，雙井如撻，日鑄如絼。其餘苦則辛螫，甘則底滯，要須胡麻、鷄蘇、鬣堊濟味。嘔酸寒胃，令人失睡，亦未足與議者也。

詩者矢也，上則爲詩，下則矢。然則三百五篇何如？此所謂臭腐化爲神奇者也。今人粗述風雅，其氣發於太陰，所謂神奇且爲臭腐者耶！

慈湖袁質夫雖隱於市井中，然敦厚誠實，常有濟物活人之心。聞余欲刻龐安常方論板紙，欣然請之。將至長沙，俾善工大字深刻，施數百本，使人知疾本，家得良醫，其意甚美。故書此，載之篇末。涪翁題。

聞龐安常頓欲以金絲笛兩管見寄，而知命不好事，不爲攜來。質夫歸，可爲取之。涼簟闊五尺六者，得兩牀亦佳。或云蘄竹自有可作洞簫者，果有珍材，爲置兩枝。亦致意安常，老來極思相與從容，恨匏繫不可動耳。《八十一難》多有古人不到處，及掊擊俗子臆説，甚爲愜當。當爲作一序送成都刻大字板，并奉寄也。若到錢塘，爲置碾玉梨花十隻，得瑩浄無氣眼者乃妙。梨花可勺半升酒乃可喜也。但恐道遠難愛護，便一筆盡斷。

質夫兒已十七歲，正是與擇師友時。人家有賓客，動輒費數千，乃不能爲此兒子損二百千奉其師友，不可謂之善計者也。（《豫章先生遺文》卷五）

〔一〕以下六則雜記，《遺文》收録，總題爲《雜論》。其前原尚有多則，已見于本書《别集》卷一一所載《論呼俗字》，不重録。

2　雜書

老潘六年前來請傳道術，云有益眼力。時余方病眼卧家，請潘入卧内，以錦囊李承晏墨示之，潘隔囊摸索，曰：「此不易得，承晏軟劑也。」又以潘十年前所作軟劑示之，潘復隔囊摸索，曰：「今年眼闇，不復能爲此矣。」知命駭之，問潘得無假之鬼神耶？潘笑曰：「豈有是，但慣習耳。」（《豫章先生遺文》卷九）

3　古鏡記

余家有古鏡，背銘云：「漢有善銅出丹陽，取爲鏡，清且明，左龍右虎補之。」不知丹陽何語，問東坡亦不解。後見《神僊隱訣》云：「銅，一名丹陽。」又一銘云：「尚方作鏡真大巧，上有僊人不知老，渴飲玉泉饑食棗。浮雲天下散四海，壽如金石佳且好。」東坡云：「『清如明』，如，而也，若《左傳》『星隕如雨』。」余又有一鏡云：「蔡氏作鏡佳且好，明而日月世少有。刻治六官悉皆在，長保二親利子孫，傳之後世樂無極。」大鼻，鼻上有八篆文，中有「魯國」二字可識。奇古如鐘鼎，樣亦深入，字惟背上者突出。又見一鏡，背花妙麗，又有「真宇飛霜」四篆字。鏡名耶？人名耶？不可得而辨。（《六藝之一録》卷一一八）

4 修水記

蘭似君子，蕙似士大夫，大概山林十蕙而一蘭也。《離騷》曰：「既滋蘭之九畹，又植蕙之百畝」，以是知楚人賤蕙而貴蘭矣。蘭蕙叢生，蒔以沙石則茂，沃之以湯茗則芳，是所同也。至其一幹一花而香有餘者，蘭也；一幹五七花而香不足者，蕙也。余居保安僧舍，開牖於東西，西養蕙而東養蘭，觀者必問其故，故著其説。（《古今事文類聚》後集卷二九。又見《錦繡萬花谷》前集卷七，《古今合璧事類備要》别集卷二七，《山堂肆考》卷一九八，《群書通要》庚集卷三。）

5 書几帖

小子相孏書，因戲題其几曰：士大夫胸中不時時以古今澆之，則俗塵生其間，照鏡則面目可憎，對人亦語言無味。一二子從予學經術，文詞頗有得意者，而德性往往不美，遇事而發，輒有市井屠沽氣。戲書其闑曰：大雨如懸河，禾深没橐駝。唯有庭前擣帛石，一點入不得。（上海博物館藏真蹟，又見《辛丑銷夏記》卷一。）

6 宜州乙酉家乘

四年春正月庚午朔。元明自永州與唐次公俱來，居四日矣。是日，州司理管及時當來謁元明，飲屠蘇。

二日辛未，小雨。遣永州脚夫四人回寄糟蟹、蝦胸、梨、蠓子、大燭、草豆蔻、蠟，作末西亥膗肫。元明、次公會食罷，步出小南門，西過龍水縣，道遇崇寧道人文慶。

三日壬申，陰，微寒。食罷，元明、次公對棋，予獨步至安化門，得黄雀數十。

四日癸酉，微陰。區叔時與元明、次公同飯，爲元明作花吉貝背子。與叔時棋，叔時再勝而三敗。

五日甲戌，晴。郡守而下，來謁元明，得柘姑。

六日乙亥。四山起雲而朝見日，大熱，纔裌衣。始遷書藥入新居。

七日丙子，陰。辰巳，大雨。入新居，大寒。

八日丁丑，晴。發張載熙兄弟、馮當時、周惟深書。得大含笑一枝。叔時來棋，人勝一籌，叔時三勝而四敗。

九日戊寅，晴。從元明步至管時當莫疎亭。

十日己卯，晴。步至三角市。食罷，從元明步自小南門，繞城觀四面皆山，而無林木。歷西門、北門、東門、正南門，復由舊路而還。得曹醇老書，寄二酒、乾筍菌、生熟栗、黄甘、山蘋。

十一日庚辰，陰。從元明步出小南門，西入慈恩寺，又西入香社寺，乃折而東，入植福寺，略龍水鄉而歸。

十二日辛巳。朝雨霢霂，巳、午晴。

十三日壬午，立春，晴又陰。從元明步出小南門，訪崇寧道人文慶，卧於慶公之室。

十四日癸未，晴又陰。夜從元明步出東門，上高寺，入天慶觀，乃至崇寧寺。僧崇廣紫堂山人王漸、僧惠宗實同行。

十五日甲申，晴。得嗣文書，送五縑，報嗣深自光山罷歸，得先民辟通行交子司勾當。自融州迴。

十六日乙酉，晴。夜從元明步至崇寧寺。

報知命長女與其婿張鈞及其姑之乳媪來留半月。兄弟仕同郡而不闋法，可慶也。

十七日丙戌，晴。從元明浴於小南門石橋上民家浴室。與叔時棋，叔時三北。太醫朱激饋雙鵝。

十八日丁亥，晴。大熱，不可裌衣。

十九日戊子，又陰，小冷，可重裌衣。得華陰細辛於王紫堂，初見棟實，與□産不異。

二十日己丑，陰。大寒，可重繭。得永州平安書，并得南豐無恙書，知李倩、女睦家音問，云欲遣人至宜。元明得李磁州及女媚書。相書報張子發出自訟齋，曾蔣子人、鄒久、棁於高山寺。借馬從元明游南山及沙子嶺，要叔時同行。入集真洞，蛇行一里餘，秉燭上下，處處鍾乳蟠結，皆成物象。時有潤壑，行步差危耳。出洞頃之，得張貴州書，傳致范德孺、晁无咎書。夜中急雨，寒甚。

二十一日庚寅，陰。夜從元明過王紫堂。中夜大雨達旦。

二十二日辛卯，雨不已。

二十三日壬辰，曉雨乃晴。遣武陽寨書、象州書、貴州書。入夜，小雨徹明。

二十四日癸巳，雨不已。得曹醇老書。以元明至宜，予暫開肉，故寄一羊及子魚、鰕胸、蛤蜊醬、蟹螯、腊蟹醬、金橘三百，并爲督到王溉逋錢九十千。

二十五日甲午，晴。袁安國對棋，且勝且敗，而安國負七局。

二十六日乙未，晴，不見日。崇寧道人來速元明及予同飯。

二十七日丙申，陰不雨。

二十八日丁酉，晴。從元明游北山，由下洞升上洞。洞中嵌空，多結成物狀。又有泉水清徹，勝南山也。

二十九日戊戌，晴。

三十日己亥，陰不雨，氣候差温。叔時來棋，且勝且敗，而叔時負三局。爲元明作平氣丸成。樂善寨黄遠送雪菌脯。酉後涷雨，夜雨達旦。

二月庚子朔，雨不已，小寒。帶溪文頎刲羊見餽，繼以建溪北果，又以萬錢爲壽，是張子發之娟婿也。

二日辛丑，雨甚，可復近火。

三日壬寅，要秦禹錫、區叔時同酌，元明與叔時棋，叔時負三局。

四日癸卯，雨。

五日甲辰，晴又雨。諸人置酒餞元明於崇寧，并召予，予亦宿崇寧寺。

六日乙巳，晴，天極温，才可裌衣。與諸人飲餞元明於十八里津。

七日丙午，晴，似都下四月氣候也。象州人回，得才叔書，報松柏市之綷已達。得李仲牖書，寄建溪葉剛四十銙、婆婁香四兩、蜀牋四軸、鬣桶赤魚鰾五十。并得少伊書。

八日丁未，曉寒甚。已而小雨，又晴。

九日戊申，陰寒不雨。步到崇寧采薺作羹。叔時來對棋。

十日己酉，雨，不甚寒。得元明丙午柳城書，報周通叟作象州教授，要來蘇舟，爲鄒至虚乞正書兩紙。唐次公自柳州來，送菖蒲酒四器。是日午後雨止。

十一日庚戌，晴。唐次公來，共蔬飯。

十二日辛亥，雨，又霽，夜中凍雨。

十三日壬子，雨。作素包子，召次公不至。得元明書。

十四日癸丑，晴，又雨。柳州僧禪進送才叔上元日書。遣高德修書。

十五日甲寅，雨。發元明甲子書。下重醖酒。

十六日乙卯，晴。答禪進書。夜中月明。

十七日丙辰，晴。葉筠元禮來約相見。

十八日丁巳，晴又陰，而不雨，天小寒。唐叟元老寄書，并送崖香八兩。

十九日戊午，陰不雨。得元明十二日師塘鋪書。

二十日己未，雨。崇寧道人同宗廣二僧〔一〕、王紫堂來噉素包子。累日苦心悸，合定志小丸成。

二十一日庚申，晴初見日。發元明乙丑寄書。午雨，晚晴，夜雨。

二十二日辛酉，雨不已。崇寧慶公來，遂率至寺中食包子。僧崇廣之全州。

二十三日壬戌，雨。

二十四日癸亥，雨止，氣微温。小許送鳲鳩六，王沙監送溪魚十五，皆班諸鄰。得鞭筍二十餘，甚美。

二十五日甲子，晴，不可挾纊。蔣偘送蠻布坐薦四，絜以葦花，金鈴子、雪菌，皆一篰。三鼓，馬軍營外火，焚十家。

二十六日乙丑，晴。得元明二月十四日丁卯書，寄書一篇、《青玉案》一篇、滑石壓紙五枝。得相、棁正月二十八日平安書。得李德素洎李郎三十日、本月十七日書。蔣偘送山藥，佳。莫洞送雪菌。得天民正月書，報鄉中事種種。新知縣陳夬宣德二月上。得戴坤父正月五日書。

二十七日丙寅，晴。發元明丙寅書。

二十八日丁卯，微雨不寒。發相、棁書。

二十九日戊辰，社雨。得賓州王元道書，送丙椰子及來陽火箸。晝晴驟温，可單衣。

閏二月己巳朔，晴，中夜凍雨。

初二日庚午，曉晴，終日夜雨達旦。

初三日辛未，雨。王佺來求白鷴，得雌雄一雙與之，此《爾雅》所謂鶾雉也。

初四日壬申。過管時當西齋。

初五日癸酉。過西齋。終日夜大雷雨。

初六日甲戌。數日皆夜雨晝晴，是夕星月粲然。

初七日乙亥，晴。

初八日丙子，晴，夜雨達旦。

初九日丁丑，雨止。得元明戊辰書。馮孝叔寄書，并送所買藥一篰。

初十日戊寅，雨。蔣侃、莫洞寄買崇寧倚卓錢四千，莫并寄橄欖百枚、筍數十頭。德謹眥秦靖寄筍橛、山藥。食罷，過管時當西齋。

十一日己卯，雨。

十二日庚辰，雨。

十三日辛巳，不雨。

十四日壬午，晴。德謹寨秦靖餽筍、山藥、炭四籠〔二〕，鑽竹改火。

十五日癸未，晴。

十六日甲申，雨。

十七日乙酉，晴。

十八日丙戌，陰，辰、巳晴。崇寧道人出諸巖作佛事。

十九日丁亥，晴。沐浴於石橋之湢室。

二十日戊子，陰不雨。自南門步向東城，過望仙樓，復至小南門而歸。

二十一日己丑，晴。與僧惠宗、了觀浴於石橋。叔時來對棋，予敗四局。

二十二日庚寅，晴，大熱，不可袷衣。叔時來對棋，叔時再勝而三敗。

二十三日辛卯，晴。觀書於南樓。

二十四日壬辰，晴。卧於南樓終日。叔時來棋，三勝而再敗。

二十五日癸巳，晴。天氣似京師五月。

二十六日甲午，晴。接癸巳，夜涑雨，晨涼，辰巳間陰曀小冷。

二十七日乙未，晴，寒。

二十八日丙申，晴。發永州書。思立寨孫彦昇子漸崇班送石菖蒲一桶、小菜桶四枚。

二十九日丁酉晦，晴，寒，時作數點雨，不霑濕。發元明丁卯書至長沙。

三月初一日戊戌朔，晴。

初二日己亥。丁酉、戊戌中夜皆澍雨。德謹寨寄大簟一牀，又寄大苦筍數十頭，甚珍，與蜀中苦筍相似，江南所無也。

初三日庚子，大雷雨。

初四日辛丑，晴。

初五日壬寅，晴。入夜星月粲然。

初六日癸卯，晴。郭戎送枇杷，甘甚。又送麵兩石。

初七日甲辰，晴。党君送含笑花兩枝。

初八日乙巳，晴。党君送含笑花三枝。

初九日丙午，晴。党君送含笑花兩枝。

初十日丁未，晴。党君送含笑花兩枝。作順氣丸成。

十一日戊申，晴。暑氣欲不可堪。得元明閏月十四日己巳書，并得相、棁書。

十二日己酉，晴。

十三日庚戌，晴。普義邵革送山藥二節。

十四日辛亥，晴。夜中大雷雨。

十五日壬子，晴。成都范寥來相訪，好學之士也。得相、棁書。

十六日癸丑，晴。長沙僧去。發元明戊辰書。

十七日甲寅，晴。

十八日乙卯，大雷雨，溝澮皆盈。得張八十外甥須城正月書。

十九日丙辰，晴。武陽莫彦照送粟米。

二十日丁巳，大雷雨，溪水溢入城濠，井泉皆達。王紫堂將諸雛入桂林。

二十一日戊午，雨。何濬、范寥同飯。

二十二日己未。得高德修書。

二十三日庚申，晴。思立孫子漸送人參、芎。

二十四日辛酉，晴。普義邵革侍禁來。

二十五日壬戌，晴。普義送粟米二㪷。

二十六日癸亥，晴。

二十七日甲子，大雷雨。郡守殺鵝於城南之龍泓，於是三日矣。

二十八日乙丑，又雨，農夫以爲慶。

二十九日丙寅，晴，又雨。

三十日丁卯，晴。

四月初一日戊辰，晴。城西南再火。

初二日己巳，晴。

初三日庚午，晴。馮孝叔送元明己巳書及相、棁書，寄紙藥鞵襪及公衮書，送紙六軸，人參十兩。朱彦明、徐靖國皆有書。鄒德久及棁各寄詩來，皆可觀。夜雨，震電。

初四日辛未，陰，欲雨。是日煨筍作藕葅、薑葅、茄葅。

初五日壬申，晝晴夜雨。

初六日癸酉，晴。崇寧僧法旻置飯，與范信中同之。

初七日甲戌，晴。與時當、信中剥粽子。

初八日乙亥，午風，未凍雨，少頃又晴。

初九日丙子，晴。

初十日丁丑，晴。

十一日戊寅，晴。

十二日己卯，晴。

十三日庚辰，晴。

十四日辛巳，晴。

十五日壬午，晴。予病暴下，不能興。

十六日癸未，晴。

十七日甲申，晴。

十八日乙酉，晴。

十九日丙戌，晴。普義寨寄粟米、山蕷。

二十日丁亥，晴。沙監王稷寄朱砂及猿皮。

二十一日戊子，晴。思立寨寄竹牀。

二十二日己丑，晴。德謹寨寄竹簟。

二十三日庚寅，晴。自丙子至庚寅，晝夜或急雨，簷溜溝水，行輒霽，問民間，未可以立苗也。食新蓮實。

二十四日辛卯，晴。大腑始和，沐浴於城南民家。

二十五日壬辰，晴。崇寧道人來同粥。

二十六日癸巳，晴。

二十七日甲午，晴。市人始賣木等多改切子，皮殷紅，肉甘酸，生者微澀，核猥大而肉少。余舊聞嶺南木等子即藥中山茱萸也。沙監王稷寄渠酒、曆來，自去年十二月未請。

二十八日乙未，晴。

二十九日丙申。四鼓欲竟，大雷雨，至寅卯少止，農民遂有西成之慶。乙酉之夜，郡守齋宿，請雨於上帝。郭全甫置酒於南樓，與者四人，予及劉君賜、管時當、范信中。思立孫子漸寄糟薑、簟、涼牀，秦禹錫送鮓。

五月初一日丁酉，雨。普義邵彦明寄木瓜及蜜，郭子仁送荷苞鮓。

初二日戊戌，雨。夏至。郭全甫、管時當、李元朴、范信中會於南樓。

初三日己亥，雨。得元明長沙三月書，南豐三月書，轉附到睦三月書。

初四日庚子，雨，晚晴，夜見星月。

初五日辛丑，晴。郡中以令爲安化蠻置酒。

初六日壬寅，雨。

初七日癸卯，雨。自此宿南樓，范信中同之。

初八日甲辰，雨。陶君送牛脯、雀鮓、蜜梅。

初九日乙巳，雨，夜中大雨。

初十日丙午，晴。邵彦明寄木瓜二十。

十一日丁未，晴。

十二日戊申，雨。

十三日己酉，雨。

十四日庚戌，雨。

十五日辛亥，晴。歐陽襄自柳州來。邵彦明來。

十六日壬子，雨。李元朴置酒郭全甫之東軒，與者向日華、邵革、管及、王彦臣、賈琪、劉焕、高權、范寥、歐陽襄，其一客則予也。彦明送粟五㪷。

十七日癸丑，晴。陶君送魴魚鮓十包。

十八日甲寅，晴。同范信中、歐陽佃夫浴於崇寧。與崇寧道人過徐常，步至石泉，泉甚清壯甘寒，但不渫不甃耳。邵普義送荷鮓。

十九日乙卯，晴。佃夫弄琴，作《清江引》《賀若》《風入松》。□□米七㪷。

二十五日庚寅，雨。

二十六日辛卯，雨。

二十七日壬辰，雨。

二十八日癸巳，雨。

二十九日甲午，晴。

三十日乙未，雨。沐浴於崇寧。

七月初一日丙申，晴。郭全甫、幸子宜晚過南樓。

初二日丁酉，晴。步出城西。袁安國送梨，亦可啖。

初三日戊戌，晴。郭全甫攜酒來，與李元朴、范信中、歐陽佃夫同飲。

初四日己亥，晴。甘祖奭來訪，問得巖西壽聖院是計監院，又云其叔父表民第十三在巖西居。未申間，大雨。醫黄寶全送安石榴。

初五日庚子，雨。馮才叔送八桂兩壺。

初六日辛丑。同信中、佃夫浴於崇寧。

初七日壬寅，晴。

初八日癸卯，晴。吴彦成送焦子石栗。

初九日甲辰，晴。全甫送麥五石。

初十日乙巳，晴。佃夫聞其母夫人疾作，不俟晨飯而行。

十一日丙午，晴。與信中浴於崇寧。高允中來，卧南樓。

十二日丁未，晴。昌天河寄木瓜及瓷甌十枚。昌惟賢字任之。全甫、元朴、允中、信中來會，酌於南樓下月明中。

十三日戊申，晴。將官許子温見過，彈《履霜》數章，又作《霜鐘曉角》而去。陶君送麵十斗，區君送梨及蕉子、紫水茄。全甫、允中、信中來，小酌月明中。

十四日己酉，晴。幸子宜家莊客還南豐，附元明己巳書。

十五日庚戌，晴。子温來，弄琴數曲。秦禹錫惠牂柯酒，殊可飲。全甫、允中、信中月下飲牂柯酒，盡一壺。

十六日辛亥，晴。三人者又同飲牂柯酒。

十七日壬子，晴。同信中浴於崇寧。

十八日癸丑，晴。得牂柯酒一尊於劉君。同信中步至秦禹錫家。明日，劉君又送牂柯酒二壺。

十九日甲寅，晴。自壬子至今，有風，甚涼。

二十日乙卯，晴。得任德公書。黄丕微仲攜來。

二十一日丙辰，晴。同允中、信中浴於崇寧。

二十二日丁巳，晴。同允中、信中就全甫小飲。

二十三日戊午，晴。帶溪文儀甫來送二簟、黄粱、魚腊。前日黄微仲送沉香數塊，殊佳，從以烏樠、花梨木界方、粉腊。天河昌任之送蜜。

二十四日己未，晴。聞郡官請雨。崇寧道人來，受粥而不受飲。

二十五日庚申，晴。同黄微仲、范信中浴於崇寧，崇寧道人置飲。

二十六日辛酉，晴。全甫、允中來飲解酲酒。

二十七日壬戌，曉雨，又大晴。黄積微、文儀甫來，共蔬飯。同范信中過李元朴問疾。

二十八日癸亥。曉，大風而雨。

二十九日甲子，晴。同積微、信中浴於崇寧。

八月乙丑朔，晴。

初二日丙寅，晴。

初三日丁卯，晴。宜守党明遠是日下世。

初四日戊辰，晴。

初五日己巳，晴。

初六日庚午，晴。

初七日辛未，晴。同信中至崇寧〔三〕。

初八日壬申，晴。

初九日癸酉，晴。

初十日甲戌，晴。宋子正送八桂十二壺。

十一日乙亥，晴。德謹寨送香櫞子、芭蕉。

十二日丙子，晴。允中置飯於南樓，全甫不至，與積微、允中、信中同飯。

十三日丁丑，晴。

十四日戊寅，晴。

十五日己卯，晴。

十六日庚辰，晴。

十七日辛巳，晴。

十八日壬午，晴〔四〕。

十九日癸未，晴。

二十日甲申，晴。

二十一日乙酉，晴。

二十二日丙戌，晴。

二十三日丁亥，晴。

二十四日戊子，晴。

二十五日己丑，晴。

二十六日庚寅，晴。小雨甚急，不能久。
二十七日辛卯，小雨，不能斂塵。
二十八日壬辰，小雨，頗清潤。晚，大雨。積微致糯三擔、八桂四壺。
二十九日癸巳，晴。（《豫章先生遺文》卷一二）

〔一〕宗：疑當作「崇」，前後文俱有僧崇廣。此謂崇寧寺僧文慶（見上文）與僧崇廣二人。
〔二〕寨：原缺，據知不足齋本《宜州家乘》補。
〔三〕此句原脱，據清影宋抄本《豫章先生遺文》補。
〔四〕晴：原脱，據《宜州家乘》補。

銘

7 漱玉亭銘

雙劍倚天，一源二川。北垂康王之谷，珠貝珂玉；南披招隱之腹，紋綃霧縠。銀潢輕

摧，發春千雷。伐山爲梁，虹貫杓魁。蒼龍守株，不可釣罩。試告來者，登危思孝。（《豫章先生遺文》卷二）

8 石枕銘

來此暫憩，修省退藏。藏久遊倦，息茲石牀。少息則可，甘寢則荒。老何敢荒，匪憚石涼。（民國《瀘縣志》卷七）

贊

9 彌勒贊二首

一鉢千家飯，孤身萬里遊。知音若相訪，不住涅槃州。

彌勒真彌勒，分身千百億。若問下山時，不打遮鼓笛。（《豫章先生遺文》卷二）

10 博山香臺贊

石蘊璵璠，山得其來之澤；木無犧象，天開不材之祥。屹金鑪之突兀，其山海之來翔。然以明哲之火，熏以忠信之香。俯仰一時，非智所及；付與萬世，其存者長。（《永樂大典》卷二六〇五）

11 錢武肅王像贊

匹馬一呼，奄有吴會。櫝而藏之，百年有待。子孫其昌，生民永賴。衣錦故城，山川不改。黄庭堅題。（《錢氏家書》第二種）

12 頭陀贊

梵語頭陀，華言抖擻。浄一真心，振三毒垢。如來親試，迦葉稱首。聖教推崇，哲人遵守。衣三食四，住處五名。曰十二行，對治修行。十三或八，要以三并。練磨三境，攝化三乘。起四歡喜，行四聖種。以戒爲基，此觀相踵。大矩崇規，鍊金烹礦。號菩薩僧，志惟堅勇。知足少欲，伏我受根。無取無著，情絶所存。若有讚者，同讚世尊。續佛慧命，開佛正門。在昔能仁，囑付彌勒，守護三寶。後五百歲，彌勒稱揚，此行爲最。適當其時，應身出世。阿蘭若處，作衆依歸。則先賢軌，髮薙肩垂。白麻刼貝，不隨染衣。青如玉雪，不受塵泥。心寂爲禪，心浄爲教。内外相應，方名修道。事貴簡嚴，理惟幽奥。不具信根，玄關莫造。祈生兜率，天樂非貪。菩提熏種，慈氏言參。其或超越，罔假司南。十方法界，同我伽藍。（《式古堂書畫彙考》卷一一）

頌

13 戲答照默堂清和尚孤起頌

風前橄欖星宿落，日下桄榔羽扇開。照默堂中有相憶，清秋忽見故人來。（《豫章先生遺文》卷二）

14 翁罵徐沙彌爲奴而金丁玩之因作此頌

徐行煎煎要剃除，秋毫僧事没工夫。何須苦要袈裟著，包箇無能臭秃奴。（《豫章先生遺

文》卷二）

15 浄土院深明閣頌

象踏恒河徹底，日行閻浮破冥。若問深明宗旨，風花時度牕櫺。（《豫章先生遺文》卷一一）

16 下巖寺主因範公來求字書與之

下巖路直東西，往來不免投宿。野菜幸有四時，麥過早禾又熟。佛法若有靈驗，自然粥足飯足。若遇一物也無，施水令他煖足。山主有言不在，有油不設鐙燭。客來飯無一椀，背後打酒打肉。死入拔舌泥犁，受了來拖𩎟軸。苦惱皆自將來，大道應無顧顇。（《豫章先生遺文》卷一〇）

17 和瑞崖湛老頌

海幢一定身，幻寂無不足。三眼等諸緣，洞視非世目。淵明但好酒，杯漾鴨頭緑。五柳任榮枯，下種干雲木。我欲訪楞伽，路隔四面水。棄置菴外境，一榻百念已。風送梵音來，正卧爲君起。妙句有玻璃，洞然無表裏。（《五百家播芳大全文粹》卷一一〇）

18　達摩頌

少林九年，垂一則語。直至如今，多方賺舉。實録檢討官、著作佐郎黄庭堅書頌。朝奉郎、知河南府陵臺令兼知永安軍同簽書兵馬司公事、輕車都尉、賜緋魚袋張宗著立石。

（《八瓊室金石補正》卷一一〇。又見《説嵩》卷三二。）

疏

19　薦考君書維摩楞伽金光明觀世音經疏〔一〕

天乘梵乘，欲頓超於法界；筆施墨施，可追助於冥塗。而況談盡不盡於毘耶之地，説俱不俱於楞迦之嶺。信相演偈於金鼓，無盡施法於寶珠。皆爲法藏之祕文，實亦如來之了義。虔書梵皮〔二〕，獲福河沙。先考特進伏願避六賊之林，射四諦之的。絶攀緣於驕幢幻蘂，期超度於法筏慈航。正語正業之道支，速能證入；無量無邊之佛土，自在超升〔三〕。

（《五百家播芳大全文粹》卷八二）

〔一〕此篇《播芳大全》各本均有，然惟四庫本直題撰人爲黄魯直，宋刊本、明刻本、清抄一百五十卷本等皆不著撰者（但前一篇爲魯直文），姑從四庫本録存于此備考。

〔二〕虔：原作「虔」，據清抄一百五十卷本改。

〔三〕在：原作「下」，據清抄一百五十卷本改。

20 請黄龍晦堂和尚開堂疏

三十年前説法，不消一個莫字。如今荆棘塞路，皆據見相向開門。只道平地上休起骨堆，不知那個是他平地。只道喫粥了洗鉢去，不知鉢盂落在那邊。不學溷絶學語言，在根作歸根證據。木刻鷂子，豈解從禽；羊蒙席皮，其奈喫草。故識病之宗近，務隨時而丁寧。須令向千歲松下討伏令，必將上百尺竿頭試脚步。直待骸骨迴迴，方與眼上安眉。回他放匙把筯自由，識個啜羹喫飯底滋味。不是鏤明脊骨，曷勝末後拳椎。法門中如此差殊，正見師豈易遭遇。昔人所以涉川游海，令者乃在我里吾鄉。得非千載一時，事當爲衆竭力。袒肩屈膝，願唱誠於此會人天；挑屑拔丁，咸歸命於晦堂和尚。師子廣座，無畏吼聲。時至義同，大衆虔仰。謹疏。元豐五年二月日疏。

黄龍清禪師云：江東西士大夫知晦堂和尚是真歸依處，本由德占發之。追考其

功，故欲書此文於卷，以便覽者。崇寧元年七月壬辰，山谷黄庭堅題。（《穰梨館過眼録》卷二）

21 華嚴小疏 并跋

國門抽顧頌，衲僧眼重。眼皮七八量，雷車打不動。打不動，抽顧頌，時念彌陀三五聲。追薦東村李翁子生天。西山裏孟八郎强健，福田院裏貧兒叫唤，乞我一文大光錢。

巽上人爲華嚴作佛事，又持此軸來乞作小疏。予以爲鷺鷥股上不勝下刀，可持此字去，有能以百千助緣事者與之。魯直題。（上海博物館藏，又見徐邦達《古書畫過眼要録》頁二八二，《壯陶閣書畫録》第四册，《海山仙館藏真帖》卷一五。）

碑銘

22 宋故朝奉郎知洺州軍州兼管内勸農事上騎都尉借紫王君墓誌銘（一）

君諱純中，字文叔，豫章艾城人。曾大父仲簡。大父士夫，贈光禄少卿。父固，都官郎中，贈中大夫。君在少年書生中有聲，登皇祐五年進士第。調杭州司户參軍，遷鼎州桃源令。于格當遷，以憂去。除喪，昆弟四人來集吏部銓，鄉老以爲榮。是歲京師疾疫，二兄客死，君遂鬱鬱無仕進意，消摇林丘者七年，親友强之乃起。調唐州録事參軍，改著作佐郎、知澧州石門縣，移虔州瑞金縣。改秘書丞，换奉議郎，通判泗州。遷承議郎，恩加朝奉郎，知洺州。元祐元年閏月丙午，終于官所，得年六十有一。君寡言而力行，守約而汎愛，自行束修，白首不倦。年十四，太夫人捐館舍，父兄官學在外，君身濟大事，持喪甚有禮意。居家從仕，無日不讀書賦詩，自始學訖于牖下，爲日録凡四十有八年。游居驩悲，聞善見不賢，所自琢磨，無不疏記，讀其書，可知其人有常度也。令桃源時，尚少，已號爲能吏。唐州守，吏事米鹽一切爲小治辦，以家人細故，任僚屬作耳目，并諉君。已而薦其僚，君獨不與。君初不聽，後不悔，亦不爲人道之。石門故有鐵賦，以給船官，船官罷而民輸賦如故。鐵冶涸，民取鐵它州以供賦，價數倍。君請以田宅代鐵賦，州上之，汔得請，民甚德君。瑞金前數令以罪去，君至則鉤取姦黠主名，痛繩治之，訟爲之衰。淮水溢泗州城守，君徒步風雨中，調護工役彌月，水以不災，有詔褒諭。洺州河决後，民在丘陵，官寺府庫，窮于水火。君調用財力，不疾不徐，勞民勸功，公私以濟。及君喪行，傾城出祖祭，哭者皆失聲。所謂古之遺愛，不近是耶。君兩娶余氏，兄弟也，初室曰旌德縣君，繼室曰仁和縣君。七男二女：平，先卒；阜，郊社齋郎；申，舉進士；本，南雄州保昌縣主簿；舉，率，肇，尚小。二婿曰玉山令秦敏學，崇陽尉徐禋。阜等以元祐二年十有二月甲申，葬君于高大父之域。以外兄余彥明狀來乞銘。文叔于庭堅，丈人行也，其敢不銘？銘曰：

嗚呼文叔，好德若不足，以自金玉。不上交以福，媚于煢獨。濡之嘘之，汔民有谷。爲民父師，子弟率育。俾而壽而康，奈何不淑！在今其子孫，敬忌爾德。非此其身，尚膺百禄。（陳柏泉《江西出土墓誌選編》第二編《北宋墓誌》）

〔一〕題下原署：「修實録院檢討官、承議郎、行祕書省著作佐郎、武騎尉、賜緋魚袋黄庭堅撰并書。奉議郎、通判常州軍州兼管内勸農事、上騎都尉、賜緋魚袋杜炎篆蓋。」

23　宋故徐純中墓誌銘〔一〕

君諱佖，字純中，贈宣德郎徐君陟之子。庭堅之姑長安縣太君，君母也。徐氏世爲豫章人，不知其流遷所自，或曰蓋出于後漢聘君穉。其族人避兵亂，買田于西安山中，稍稍堙替不學。故君曾王父光，王父賞，皆治生貨殖于田間。宣德君始築書館，延諸生，而君昆弟皆化爲儒者。君總角，蔚然負文采，不事家產，獨喜游學。故太師王恭公在翰林，號爲時文宗匠，君往從之學詞賦，恭公稱之。同門生皆臺閣知名士，鄉曲以爲榮。再薦于有司，而詘于禮部，同時進士皆謂君不耦，非藝之罪。君既倦游，歸而自放于酒中。元祐六年十二月以疾卒，享年五十。娶黄氏，予女兄也。初生兩男子，皆下殤。晚得男曰多老。五女子：長嫁臨江軍法曹參軍李森，餘在室。君病革時，室中二女刲股肉以進，人皆哀之。君嶄嶄嶷嶷，在醜不諍；坦坦施施，持論不回。家居孝順怡怡，長安君尤愛之。初，予世父長善有大名于四海，試禮部，賦《天子外屏》，聲動朝廷。及當試于崇政殿，病不能興，天子遣中人問疾于其邸舍，賜之藥齊焉。早世而嗣不立，世母張夫人年少守義，保其孤女。及孤女成人，爲擇對以歸君。張夫人以謂文章之秀氣，不麗于本枝，或發于外孫也。今多老越在懷繃，又可冀其成立耶。于是長安君年八十而哭其少子，孀妻擁諸女負嬰兒啼不成聲。使來告曰：「將以七年十一月甲申，葬純中于田浦之原，先舅之墓次。子爲我作銘，以慰薦純中于下泉，它日亦以示多老。」嗚呼，其忍不銘？銘曰：

藝文以爲耜，孝弟以爲田。師友以芸之，自古有年。于戲純中！力耕而不澤，多稼而不穡。匪其耜之不詟，維歲不若。（陳柏泉《江西出土墓誌選編》第二編《北宋墓誌》）

〔一〕題下原署：「金華黄庭堅撰并書。」

附録一　傳記

豫章先生傳〔一〕附史贊

豫章先生諱庭堅，字魯直，姓黄氏。其先婺之金華人。六世祖瞻，以策干江南，用爲著作佐郎、知洪州分寧縣。瞻生玘，玘生元吉，元吉始卜築修水上，葬兩世於山中，遂占數焉。元吉生中理，贈光禄卿。中理生湜，贈朝散大夫。湜生庶，嘗攝康州，贈中大夫，公之皇考也。公幼警悟，讀書五行俱下，數過輒憶，康州奇之。既孤，從舅尚書李公公擇學。公擇嘗過家塾，見其書帙紛錯，因亂抽架上書問之，無不通，大驚，以爲一日千里也。治平中，兩首鄉薦，遂登四年第，調汝州葉縣尉。熙寧中，詔舉四京學官，有司考其文章優等，遂除大名府國子監教授。留守太師文公才之，留再任。用薦者改著作佐郎。先是，眉山蘇公子瞻見公詩於孫公莘老家，絶嘆，以爲世久無此作矣，因以詩往來。會蘇公以詩抵罪，公亦罰金，直委知吉州太和縣，改授宣德郎。太和號難治，公以平易近民，民亦不忍欺。會頒鹽策，諸邑争授多數，獨公平平耳。大吏不悦，而民安之。到官年餘，移監德州德平鎮。公奉佛最謹，過泗州僧伽塔，遂作《發願文》，痛戒酒色與肉食，但朝粥午飯，如浮屠法。時元豐七年三月也。序遷奉議郎。哲宗即位，轉承議郎，賜五品服，乃以秘書省校書郎召入館。未幾，除修神宗實録院檢討官、集賢校理。逾年，除秘書省著作佐郎。朝廷數議除美官，爲言事者所梗，不果。又遷朝奉郎。過郊當任子，舍其子而官其兄之子。《實録》書成，當進一官，丐回授母夫人李，朝廷從之，遂君安康郡。公事母孝，有曾、閔之行。安康卧疾彌年，公晝夜視顔色，手湯劑，衣不解帶，時其疾痛痾痒，而敬抑搔之，至親滌厠牏、浣中裙云。遭母喪，哀毁過人，得疾幾殆。既還葬，因廬墓側終喪。先是，蘇公嘗薦公自代，其略曰：「瑰瑋之文，妙絶當世；孝友之行，追配古人。」世以爲實録云。服除，除秘書丞、集賢校理、同修國史。辭疾，乞守太平。除宣，又改鄂。未幾，管勾亳州明道宫。紹聖初，議者言《神宗實録》多誣失實，召至陳留問狀，三問皆以實對，謫授涪州别駕、黔州安置。命下，左右或泣，公色自若，投牀大鼾，即日上道，君子是以知公不以得喪休戚芥蔕其中也。至黔，寓開元寺摩圍閣，以登覽文墨自娱，若無遷謫意。俄以外兄作本路常平官，避嫌移戎州，公一不以介意。與後生講學，孜孜不怠，兩川人士争從之游，經公指授，下筆皆有可觀。今上登極，復宣德郎、監鄂州在城鹽税；改奉議郎、簽書寧國軍節度判官；改朝奉郎、知舒州，又召以爲吏部員外郎。辭疾不拜，上章乞郡，得知太平州。到官九日而罷，管勾洪州玉隆觀，寓居江夏。公風韻洒落，胸中恢疏，初無怨恩，談笑諧謔，或以忤物。蓋嘗忤趙丞相正夫，而公不屑也。公往嘗作《荆州承天院塔記》，轉運判官陳舉承風旨，採摘其間數語，以爲幸災謗國，遂除名，編隸宜州。雖被横逆，未嘗一語尤之，浩然自得也。崇寧四年九月三十日，卒於宜州寓居，年六十有一。大觀三年十一月，歸葬雙井祖塋之西。元配孫氏，莘老之女，封蘭溪縣君。後配謝氏，師厚之女，封介休縣君。一男曰相。一女曰睦，嫁將仕郎舒城李文伯。公學問文章，天然成性，落筆妙天下。元祐中，眉山蘇公號文章伯，當是時，公與高郵秦少游、宛丘張文潛、濟源晁无咎皆游其門，以文相高，號四學士。一文一詩出，人争傳誦之，紙價爲高。而公之文尤絶出高妙，追古冠今，燭後輝前。晚節位益黜，名益高，世以配眉山蘇公，謂之「蘇黄」。公嘗游灊皖，樂山谷寺石牛洞之林泉，因自號「山谷老人」，天下皆稱曰「山谷」，而不名字之，以配「東坡」云。公楷法妍媚，自成一家。游荆州，得石本《蘭亭》，愛翫之不去手，因悟古人用筆意，作小楷日進，曰：「他日當有知我者。」草書尤奇偉。公没後，人争購其字，一紙千金云。（嘉靖本《山谷全書》卷末）

史贊曰：自李、杜没而詩律衰，唐末以及五季，雖有以比興自名者，然格下氣弱，么麽骫骳，無以議爲也。宋興，楊文公始以文章涖盟，然至爲詩，專以李義山爲宗，以漁獵掇拾爲博，以儷花鬭果爲工，號稱崑崙體，嫣然華靡，而氣骨不存。嘉祐以來，歐公稱太白爲絶唱，王文公推少陵爲高作，而詩格大變。高風之所扇，作者間出，班班可述矣。元祐間，蘇、黄並出，以碩學宏材鼓行士林，引筆行墨，追古人而與之俱。世謂李、杜歌詩高妙，而文章不稱；李翺、皇甫湜古文典雅，而詩獨不傳。惟二公不然，可謂兼之矣。然世之論文者必宗東坡，言詩者必右山谷，其然，豈其然乎！山谷自黔州以後，句法尤高，筆勢放縱，實天下之奇作，宋興以來，一人而已。（《文獻通考·經籍考》卷六三黄魯直《豫章集》條）

〔二〕按此傳乾隆本、光緒本《山谷全書》均題作「宋史本傳」，然其文實非今本《宋史》卷四四四之《黄庭堅傳》。《山谷老人刀筆》亦有之，題作《山谷老人傳》。弘治、嘉靖本《山谷全書》則題作《豫章先生傳》。按《文獻通考·經籍考》卷六三黄魯直《豫章集》條下節引此傳之文，題爲「《家傳》曰」，則此傳實爲黄氏《家傳》。文中有「今上登極復宣德郎」之語，可知寫于徽宗之時，距黄庭堅之卒不久。其所述黄庭堅生平亦較《宋史》本傳爲詳實，是其文獻價值實在《宋史》本傳之上。今據嘉靖本録出。其中頗有訛字，徑據光緒本校正。嘉靖至光緒各本此傳之後又有「史贊」，亦見於《文獻通考》，蓋爲宋朝國史《黄庭堅傳》之史臣贊。今仍據《文獻通考》載録。

附録二　年譜

黄庭堅簡譜（二）

宋仁宗慶曆五年乙酉（一〇四五）

一歲。是歲六月十二日，生於洪州分寧縣（今江西修水）雙井之故居。

皇祐三年辛卯（一〇五一）

七歲。已能作詩。

《桐江詩話》載：庭堅七歲作牧童詩云：「騎牛遠遠過前村，吹笛風斜隔岸聞。多少長安名利客，機關用盡不如君。」

皇祐四年壬辰（一〇五二）

八歲。《西清詩話》載：庭堅作詩送人赴舉，有云：「送君歸去玉帝前。若問舊時黄庭堅，謫在人間今八年。」

嘉祐四年己亥（一〇五九）

十五歲。自此年以後游學淮南。所作《跋王子予外祖劉仲更墨迹》云：「某年十五六時，游學淮南。」是時其母舅李常（公擇）在淮南。遂往從之。

嘉祐五年庚子（一〇六〇）

十六歲。在淮南。

嘉祐六年辛丑（一〇六一）

十七歲。在淮南，始識孫覺（莘老），娶其女。所作《黄氏二室墓誌銘》云：「年十七，從舅氏李公擇學於淮南，始識孫公，得聞言行之要。啓迪勸奬，使知嚮道之方者，孫公爲多。孫公憐其少立，故以蘭溪歸之。」

嘉祐七年壬寅（一〇六二）

十八歲。在淮南。

嘉祐八年癸卯（一〇六三）

十九歲。以鄉貢進士入京師。

英宗治平元年甲辰（一〇六四）

二十歲。春，赴禮部試，未第，留京師。所作《王力道墓誌銘》云：「比歲以鄉舉士俱集京師，甲辰、丁未歲相從也。」

治平二年乙巳（一〇六五）

二十一歲。

治平三年丙午（一〇六六）

二十二歲。是秋，再赴鄉舉，膺首選。時主文衡者廬陵李詢，詩以《野無遺賢》命題。蓋公登第于次舉丁未歲。庭堅詩云：「渭水空藏月，傅巖深鎖煙」，詢擊節稱賞，謂此人不惟文理冠場，異日當以詩名擅四海。

治平四年丁未（一〇六七）

二十三歲。春，赴禮部試，登張唐卿榜第三甲進士第，調汝州葉縣尉。《寄李師載》詩云：「同陞吏部曹，往在紀丁未。」又有《次韻胡彦明同年羈旅京師》詩云「丁未同升鄉里賢」。

神宗熙寧元年戊申（一〇六八）

二十四歲。赴葉縣尉任，九月，到汝州。有《思親汝州》詩真蹟，題云《戊申九月到汝州時鎮相富鄭公》。

熙寧二年己酉（一〇六九）

二十五歲。在葉縣。二月，按鬬死者於舞陽。

熙寧三年庚戌（一〇七〇）

二十六歲。在葉縣。七月初二日，妻蘭溪縣君孫氏殁于官所。　庭堅《二室墓誌銘》云：蘭溪縣君年十八歸黄氏，不幸年二十七而卒。

熙寧四年辛亥（一〇七一）

二十七歲。在葉縣。　庭堅以熙寧元年到汝州，則終吏之期當在此年。庭堅作《新寨》詩，傳至都下，王安石見之，擊節稱嘆，以爲清才，非俗吏，遂除北京教授。

熙寧五年壬子（一〇七二）

二十八歲。試中學官，除北京（今河北大名）國子監教授。　又《宋史》本傳：熙寧中，詔舉四京學官，第文爲優，教授北京國子監。留守文彦博才之，留再任。

熙寧六年癸丑（一〇七三）

二十九歲。在北京。是年，娶謝景初女爲繼室。

熙寧七年甲寅（一〇七四）

三十歲。在北京。

熙寧八年乙卯（一〇七五）

三十一歲。在北京。

熙寧九年丙辰（一〇七六）

三十二歲。在北京。　自到任距今已三年。時文彦博尚判大名府，以《宋史》參之，是年舉再任。

熙寧十年丁巳（一〇七七）

三十三歲。在北京。

元豐元年戊午（一〇七八）

三十四歲。在北京。秋，考試舉人於衛州。

元豐二年己未（一〇七九）

三十五歲。在北京。居北京凡七年。　有《次韻和答孔毅甫》詩云：「六年國子無寸功，猶得江南萬家縣。」蓋次年授太和。

二月十二日，繼室介休縣君謝氏殁於官所。　謝夫人年二十歸黄氏，年二十六而卒，生一女，曰睦，後嫁將仕郎李文伯。

元豐三年庚申（一〇八〇）

三十六歲。入京改官，授知吉州太和縣。秋，自汴京歸江南。

十月，遊山谷寺。　寺在舒州三祖山（今安徽潛山縣西北），有石牛洞等林泉之勝。

庭堅遊而樂之，因自號「山谷道人」。

十二月，過南康，還鄉。

元豐四年辛酉（一〇八一）

三十七歲。赴太和任。秋，考試舉人於南安軍。

元豐五年壬戌（一〇八二）

三十八歲。在太和。九月十六日《上運使劉朝請書》云：碌碌下邑，蓋將期年。又承秕政之後，負逋在民，縲繫滿獄，勤苦教養，僅爲細民之安。

元豐六年癸亥（一〇八三）

三十九歲。在太和。《宋史》本傳：「知太和縣，以平易爲治。時課頒鹽筴，諸縣争占多數，太和獨否，吏不悦，而民安之。」

十二月，移監德州德平鎮。有大孤山詩刻云：「是歲癸亥十二月，予自太和移德平。」

元豐七年甲子（一〇八四）

四十歲。赴德州德平鎮。是春過揚州、泗州，到官在夏秋之間。

元豐八年乙丑（一〇八五）

四十一歲。春夏猶在德平。三月，神宗卒，哲宗即位。任淵《山谷内集詩注》引

《實録》：四月丁丑，以祕書省校書郎召。六月到京師。此年蘇軾自登州召入朝，尋爲中書舍人、翰林學士。張耒、晁補之、秦觀相繼入館，與黄庭堅志趣相投，亦同遊蘇軾之門，天下稱爲「四學士」。

哲宗元祐元年丙寅（一〇八六）

四十二歲。在祕書省。　黄罃《年譜》引《國史》：元祐元年三月，司馬光言：「校書郎黄庭堅好學有文，即日在本省别無職事，欲望特差與范祖禹及男康同校定《資治通鑑》。」從之。

十月，除神宗實録院檢討官、集賢校理。

元祐二年丁卯（一〇八七）

四十三歲。在祕書省，兼史局。

正月，除著作佐郎。

元祐三年戊辰（一〇八八）

四十四歲。在祕書省，兼史局。

正月，蘇軾知貢舉，庭堅爲參詳。

春夏間已除著作郎，以御史趙挺之論。五月，詔依舊著作佐郎。　挺之有憾於庭堅，以德平鎮日，挺之爲德州通判，庭堅不肯奉承行市易事。

元祐四年己巳（一〇八九）

四十五歲。在祕書省，兼史局。　任淵《内集詩注》云：「山谷在京師，多與東坡倡和。四年夏，東坡出知杭州，遂無詩伴。而公常苦眩冒，多在史局，又多侍母夫人醫藥，故此數年之間，作詩絶少。」

七月，除集賢校理。　黄罃《年譜》引《實録》：七月甲午，以修實録院檢討官、朝奉郎、行祕書省著作佐郎黄庭堅爲集賢校理。

九月，遇明堂大禮，以任子恩澤奏補姪檏。　有《乞奏補狀》。

元祐五年庚午（一〇九〇）

四十六歲。在祕書省，兼史局。

元祐六年辛未（一〇九一）

四十七歲。在祕書省，兼史局。

三月，《神宗實録》書成，詔爲起居舍人，以中書舍人韓川有言，行著作佐郎。

六月，特封母壽光縣太君爲安康郡太君。　以庭堅陳乞以書成轉官恩回授。

六月十八日，丁母安康郡太君憂。

庭堅叔父給事中黄廉有《與郭明叔提舉書》云：「家世不祐，六月間，李氏嫂傾逝，此懷苦楚，何以堪任。諸姪已扶櫬歸分寧，幸蒙朝廷恩賜優厚，感戴何已。」庭堅事母孝，母病彌年，晝夜視顔色，衣不解帶。及亡，廬墓哀毁幾殆。

元祐七年壬申（一〇九二）

四十八歲。正月八日，護母安康郡太君等柩抵家。

五月，叔父廉殁于京師。庭堅有《與洪甥駒父書》云：老舅「方此荼毒，百骸殄瘁，又聞給事叔父之訃，一慟欲絶，奈何奈何！」

元祐八年癸酉（一〇九三）

四十九歲。居喪。

二月，葬母安康太君。

七月，除編修官。《内集詩注》引《實録》：七月，吕大防言：「神宗正史欲差前實録院檢討官黄庭堅、祕書省正字秦觀充編修官。」從之。

九月，服除，具奏辭免編修之命。有《辭免史院編修狀》。

紹聖元年甲戌（一〇九四）

五十歲。居鄉，待辭免之命。除知宣州，又除知鄂州，皆未赴。

五月，到洪州。

六月，到彭澤。十八日，詔於開封府界居住。有《彭澤縣題名》云：「紹聖元年六月八日，來謁石興宗，李幾道在焉。」《内集詩注》：紹聖元年六月丁亥，新知鄂州黄庭堅許管勾亳州明道宫，于開封府界居住，就近報國史院取會文字。

七月，奉祠，因舟行向淮南。

九月，復過池州。有《池州齊山焦筆巖題名》云：「江西黄大臨，弟庭堅、叔獻、叔達，子樸、相、棁，孫杰，紹聖元年九月辛丑泛舟同來。」

十月，離分寧。

十一月，至陳留供報文字。《内集詩注》：「山谷遂寓家太平州之蕪湖，與其兄元明俱來陳留，止東寺之浄土院。」

十二月，謫涪州别駕，黔州安置。黄螢《年譜》：十二月丙申，章惇等臺諫官前後章疏言：「實録院所修先帝《實録》，類多附會姦言，詆熙寧以來政事。乞重行竄黜，以示萬世大公至正之法。」詔：「祖禹謫授武安軍節度副使，永州安置；彦若謫授安遠軍節度副使，澧州安置；庭堅謫授涪州别駕，黔州安置。」《宋史》本傳：「章惇、蔡卞與其黨論《實録》多誣，俾前史官分居畿邑以待問，摘千餘條示之，謂爲無驗證。既而院吏考閲，悉有據依，所餘才三十二事。庭堅書『用鐵爪治河，有同兒戲』，至是首問焉。對曰：『庭堅時官北都，嘗親見之，真兒戲耳。』凡有問，皆直辭以對，聞者壯之。」

紹聖二年乙亥（一〇九五）

五十一歲。赴黔州貶所。《内集詩注》：「山谷既被命，與其兄元明出尉氏、許昌，由漢沔趨江陵，上夔峽。」三月辛亥，次下牢關。壬子之夕，宿黄牛峽。癸丑夕，宿鹿角灘下。

四月二十三日，到黔州，寓開元寺，居摩圍閣。光緒本按公有《與張和叔書》云「下處在南寺摩圍閣」。及有四月二十六日《與大主簿書》云：「安下處是南寺一位，有水閣山亭，極瀟灑。」末云：「黔州摩圍閣發。」又批云：「蜀人呼天爲圍，此閣臨江，正對摩圍峰也。」

紹聖三年丙子（一〇九六）

五十二歲。在黔州。《内集詩注》云：「初，山谷既未能以家來，二年之秋，其弟知命自蕪湖登舟，攜一妾李慶，一子相，及山谷之子相，并其所生母俱來。（三年）五月六日抵黔南。」

紹聖四年丁丑（一〇九七）

五十三歲。在黔州。《内集詩注》：「其春，知命往見嗣直於涪州。生一子，是爲小牛。秋冬間還黔。」嗣直，知命從兄。

元符元年戊寅（一〇九八）

五十四歲。在黔州。春，以避外兄張向之嫌，遷戎州。《内集詩注》引《實録》：「紹聖四年三月，知宗正丞張向提舉夔州路常平。十二月壬寅，詔涪州别駕、黔州安置黄庭堅移戎州安置，以避使者親嫌故也。」

三月中，到涪陵。五月戊午，上荔枝灘。

六月，至戎州。初，寓居南寺，作槁木菴、死灰寮。後僦居城南，名任運堂，有銘云：「或見僦居之小堂名任運，恐好事者或以藉口，余曰：騰騰和尚歌云：『今日任運騰騰，明日騰騰任運。』堂蓋取諸此。余已身如槁木，心如死灰，但作不除鬚髮一無能老比丘，尚不可邪？」

元符二年己卯（一〇九九）

五十五歲。在戎州。

元符三年庚辰（一一〇〇）

五十六歲，在戎州。黄㽦《年譜》：正月十三，徽宗登極，大赦州縣散官編管人等。山谷有《供析狀》。

三月，弟知命歸江南，歿於荆州。《與範長老書》云：「知命留此兩月，三月十三日解舟去。」知命不及到江南，卒於荆州。

五月，復宣德郎、監鄂州在城鹽税。

七月，泛舟往青神，省張氏姑。《内集詩注》：山谷放還，以江漲，未能下峽。七月，自戎州行，省其姑於青神尉廨。山谷之姑，青神尉張祉介卿之母。以七月二十一日解舟，八月十一日抵青神。

十月，復奉議郎、簽書定國軍節度判官廳公事。

十一月，自青神復還戎州。十二月，發戎州。《内集詩注》：「十二月，發戎州，過江安，爲石信道挽留，遂作歲於此。」信道，眉州人，時爲江安令，家於江津。女嫁山谷之子相，是歲十二月成婚。

徽宗建中靖國元年辛巳（一一〇一）

五十七歲。正月，解舟江安。三月，至峽州。準告復朝奉郎、權知舒州。

四月，至江陵，準尚書省劄子，已降告命除吏部員外郎，乘遞馬發赴闕。既至江陵，以病癰瘍初愈，再具辭免，乞江淮一合入差遣，遂寓家沙市。

六月二十二日，準尚書省劄子，奉聖旨不許辭免已除吏部之命。再具辭免，并述前狀，乞太平州、無爲軍一處；及以亡弟哀惱，伏暑傷冷，併作羸疾，乞除江湖一合入差遣。遂留江陵待命，以至度歲。

崇寧元年壬午(一一〇二)

五十八歲。正月二十三日，發江陵。　自發江陵，二十八日至巴陵，二月初六日至通城，三月自分寧經萬載、宜春，四月乙酉到萍鄉省兄大臨，五月一日過筠州，是月到江州，二十日過湖口，繫舟于大雲倉之達觀臺下。

六月初九日，領太平州事，九日而罷。　黄㽦《年譜》引《國史》：崇寧元年五月庚午，司馬光而下四十四人，貶奪降黜有差，黄庭堅與孔平仲等並送吏部，與合入差遣，仍令吏部依條差注施行。庭堅得領太平州事。既入境，復坐黨事免，管勾洪州玉隆觀。

七月甲午，復繫舟達觀臺下，待舒州音問。

八月復至江州，九月至鄂州。　罷太平後，徘徊於江州，將復過江陵謀居，然竟留於鄂州。

崇寧二年癸未(一一〇三)

五十九歲。留鄂州。

十一月，詔除名，羈管宜州。　黄㽦《年譜》引族伯父黄仲賁《跋承天塔記》云：庭堅自蜀出峽，留荆州，待辭免乞郡之命，與府帥馬瑊忠玉相從歡甚。閩人陳舉自臺察出爲轉運判官，庭堅未嘗與交。一日，承天寺浮圖成，僧智珠乞記并請書石，忠玉同諸部使者環觀庭堅書碑，庭堅於碑尾但云「作記者朝奉郎、新知舒州事豫章黄庭堅，立石者承議郎、知府事在平馬瑊」而已。舉與轉運判官李植、提舉常平林虞相顧遽請於前曰：「某等願記名不朽，可乎？」庭堅不答，舉由此憾之。舉知庭堅在河北與趙挺之有怨，挺之執政，遂以墨本走介獻於朝，謂幸災謗國。遂除名，羈管宜州。

十二月十九日，發鄂渚，泊漢陽。《與文舉書》云：「某治行已有緒，既嫁女，無一事，移舟漢陽，留數日，待親識之在旁近耳。」時親舊追送漢陽，至岳陽作歲。

崇寧三年甲申（一一〇四）

六十歲。正月發岳州，過洞庭，歷潭、衡、永、全、桂州，以趨貶所。其家寓於永州。

正月晦過衡山。三月己卯泊浯溪，十四日到永州。四月發全州。

夏，至宜州。十一月甲戌，遷居於城南。崇寧三年十一月，謫宜州半載，有司希合執政意，謂不當居關城中，乃以是月甲戌，抱被入宿於城南所僦舍喧寂齋。上雨傍風，無有蓋障，市聲喧憒，人以爲不堪其憂，庭堅設卧榻，焚香而坐，與西鄰屠牛之機相直，晏如也，見者咸驚服。

十二月二十七日，伯氏元明自永州與唐次公俱來。

崇寧四年乙酉（一一〇五）

六十一歲。在宜州。　是年二月六日與諸人飲餞元明於十八里津。成都范寥信中遠自建康來從，三月十五日，拜謁於僦舍。五月，同徙居南樓。事詳范寥《乙酉家乘序》。九月三十日甲子，以微疾不起，卒。子弟無一人在側，獨信中經理其後事，蓋棺于南樓之上。

黄㽦《年譜》：九月五日，奉御筆手詔：「元祐姦黨詆訕先帝，罪在不赦。曩屈臺憲，貸與之生，斥之遠方，固無還理，終身貶所，豈不爲宜。今先烈紹興，年穀豐稔。鑄鼎以安廟社，作樂以協神明，嘉祥薦臻，和氣昭格，肆頒赦宥，覃及萬方。興言邦誣，久責遐裔，一夫失所，朕尚惻然，用示至仁，稍從内徙。服我寬德，其革爾心。應姦黨覊管編配安置居住，在廣南者與移荆湖南北，在荆湖者移江淮，其餘並移近裹，惟不得至四輔畿内。」時庭堅在輕第二等之首，並敘復令吏部與監廟差遣，而庭堅乃不及聞命而卒。

大觀三年已丑春二月，蘇伯固、蔣漳護其喪歸葬於雙井祖塋之西。

高宗建炎四年，特贈直龍圖閣，官子孫各一人。

恭宗德祐元年，謚曰文節。

〔一〕光緒本卷首原有清徐名世據黄㽦《山谷先生年譜》删補而成之《黄文節公年譜》，頗有不確，甚而插入不經之文，今重加改編，供讀者參考。

附録三　歷代序跋

豫章黄先生退聽堂録序

（宋）洪　炎

炎元祐戊辰、辛未歲兩試禮部，皆寓舅氏魯直廨中。魯直出詩一編，曰《退聽堂録》，云：「余作詩至多，不足傳；所可傳者，僅百餘篇而已。」魯直時爲校書郎，稍選佐著作，修《神宗實録》，與翰林學士蘇公子瞻游最密，賦詩無或輟。炎既手鈔《退聽録》矣，隨鈔録評論，因見魯直昔嘗作《退聽序》云：「詩非苦思不可爲，余得第後始知此。今世所傳録他詩，乃未第時爲之者。」及後一歲，魯直丁母夫人憂，絶不作詩。服除，以修史事罷，遷黔州、戎州，蜀士流相勸就學，以詩教諸生焉。北歸，寓荆渚，罷太平，寓江夏，皆踰歲。後進生慕學者益衆，故詩益多。炎每省覲，輒鈔所見，遂盈卷帙矣。然當是時，文學有禁，不敢出也。魯直竟投宜州，自鄂道潭、衡、永州、（靖江）〔静江〕、宜，皆有詩。没後，盡得之親友朋。而時禁益厲，又客宦卒卒少暇日，欲稍倫類敘次之，亦未遑也。靖康丙午歲，前禁始除。建炎戊申歲，時魯直之故人洪府連帥胡公少汲始屬炎撰次，以刻板傳世。撰次既契夙心，而外家所託，他人或不預聞，故不復辭。初，魯直爲葉縣尉、北京教授、知太和縣、監德平鎮，詩文已無慮千數。《退聽》所録，太和止數篇，德平十得四五，入館之後不合者蓋鮮。竊意少時所作雖或好詩傳播尚多，不若入館之後爲全粹也。今斷自《退聽》而後，雜以他文，得一千三百四十有三首，爲賦十，楚詞五，詩七百，銘、贊、頌二百四十，序、記、書八十，表狀文、雜著四十九，墓誌碑碣四十一，題跋一百一十八，合爲三十帙，分别部類，各以倫類。嗚呼，亦可謂富矣。凡詩斷自《退聽》始，《退聽》以前蓋不復取，獨取古風二篇，冠詩之首，以見魯直受知於蘇公，有所自也。他文雜前後十取八九，獨去其可疑與不合者，亦魯直之本意也。大抵魯直於文章天成性得，落筆巧妙，他士莫逮，而尤長於詩。其發源以治心修性爲宗本，放而至於遠聲利、薄軒冕，極其致，憂國愛民，忠義之氣藹然見於筆墨之外。凡句法置字律令新新不窮，增出增奇，所謂包曹、劉之波瀾，兼陶、謝之宇量，可使子美分座、太白卻行者耶。蘇公嘗評魯直曰：「讀魯直詩，如見魯仲連、李太白，不敢復論鄙事。頗若不適用，然不爲無補於世。」蘇公知魯直者，然此評則未盡。夫詩人賦詠於彼，興託在此，闡繹優游，而不迫切，其所感寓常微見其端，使人三復玩味之久而不厭，言不足而思有餘，故可貴尚也。若察察言，如老杜《新安》《石壕》《潼關》《花門》之什，白公《秦中吟》《樂遊園》《紫閣村》詩，則幾於罵矣，失詩之本旨也。舉世雷同，未必皆知魯直；蘇公真知魯直者，又可歎如此，信乎知我之難值也。魯直嘗游灊皖，愛山谷石牛洞，意若將老焉，故自號山谷道人。謫黔、戎時，假涪州别駕，故又號涪翁，或曰涪皤。在黔中，又號黔安居士。至宜州，又號八桂老人。皆班班見於詩文。然世士言魯直者但曰山谷，蓋以配東坡云。建炎二年十月十日，中奉大夫、提舉西京嵩山崇福宫洪炎序。（嘉靖本《豫章先生文集》卷首，又見光緒義寧州署重刊本《山谷全書》卷首。）

豫章外集跋

（宋）李彤

彤曩聞先生自巴陵取道通城，入黄龍山，盤礴雲窗，爲清禪師編閲《南昌集》，自有去取，仍改定舊句。彤後得此本於交游間，用以是正。其言「非予詩」者五十餘篇，彤亦嘗見於他人集中，輒已除去。其稱「不用」者，後學安敢棄遺？今《外集》十一卷至十四卷是也。（《山谷年譜》卷一引，原在《外集》之末。）

豫章别集跋

（宋）黄䓨

右先太史《别集》，皆今《豫章》前、後集未載。蓋李氏所編，多循洪氏定次舊本，故《毁璧序》所以不録，而《承天院塔記》實兆晚年之禍者亦復逸遺。又曾大父《行狀》雖已上之史官，未著於世。䓨不肖，竊聞先訓，用是類次家所傳集，博求散亡，得八百六十八首：爲詩七十六，銘、贊、頌六十九，序、説、記四十二，律賦、策問五，箋注二，書、表、奏狀、啓二十八，雜著六十五，疏、詞、文三十四，行狀、墓銘、表二十四，題跋二百有三，書簡三百二十，合爲十九卷。凡真蹟藏于士大夫家及見諸石刻者，咸疏于左。一時裒集，尚懼遺闕，嗣是有得，當附益之。淳熙壬寅二月二日旦，諸孫䓨謹識。（嘉靖本《豫章别集》卷末）

山谷年譜序

（宋）黄　䓨

文集之有年譜尚矣。先太史詩文遍天下，而年譜獨闕。近世惟傳蜀本詩集舊注援據爲詳，第循洪氏所編《退聽》之舊，自元豐戊午以上無所稽焉，觀者病之，此固家之子孫不容不任其責。䓨不揆，少日過庭，粗聞舊事，竊嘗有志於是。中間多病廢志，十遺七八，日復老矣，懼將泯没。蓋嘗編次遺文爲《别集》二十卷，然於編年無所攷證。因悉收《豫章文集》《外集》《别集》《尺牘》、遺文、家藏舊稾，故家所收墨迹，與夫四方碑刻，它集議論之所及者，旁羅博搜，系諸歲月。獨恨䓨生晚，距先太史之殁，今已百年，一時裒次，豈敢妄謂無所差舛？姑俟博聞君子質而正之。昔山房李彤季敵於《豫章外集》有言：「雖先生晚年删去，後學安敢棄遺？」此則䓨今日掇拾之意。其或真蹟既亡，别無考證，則寧略之，尚幾不滋異時之疑。至於見聞單淺，排纘無敘，此則孤陋不學之罪，又奚敢辭！歲在屠維協洽日南至，諸孫畣謹序。（嘉靖本《山谷年譜》卷首）

豫章集序

（宋）張　嵲

魯直詩文，譽者或過其實，毁者或損其真，皆非真知魯直者，或有所愛憎而然也。大抵魯直文不如詩；詩、律不如古，古不如樂府。蓋魯直所學詩，源流甚遠，自以爲出於《詩》與《楚詞》，過矣。蓋規模漢、魏以下，而得其彷彿者也。故其（往）〔佳〕處，往往與樂府、《玉臺新咏》中諸人所作合。其古、律詩酷學少陵，雄健太過，遂流而入於險怪。要其病在太著意，欲道古今人所未道語爾。至其文，則專學西漢，惜其才力褊局，不能汪洋趍趄。如其紀事立言，頗時有類處。其詩雖特妙於樂府，然惜乎擇之不精，用古今語頗雜，遂有害騷雅處。昔柳子厚讀《鶡冠子》，以「貪夫狥利，烈士狥名，誇者死權，品庶每生」數語爲非鶡冠子。何以知之？曰不類。況古語之與今語，其類耶？至其爲《黄夫人碑》，文似左氏，辭（以）〔似〕屈原，可以闊步古今矣。雖使柳柳州復生，不能出其右也。（《永樂大典》卷二二五三七）

黄太史文集序

（宋）魏了翁

山谷黄公之文，先正鉅公稱許者衆矣。江、浙、閩、蜀間亦多善本，今古戎黄侯又欲刻諸郡之墨妙亭，以致懷賢尚德之意，而屬了翁識之，顧淺陋何敢措詞。昔者幸嘗有考於先民之言行，切嘆夫世之以詩知公者末也。公年三十有四，上蘇長公詩，其志已卓犖不凡，然猶是少作也。迨元祐初，與衆賢彙進，博文蓄德，大非前比。元祐中末，涉歷憂患，極於紹聖；元符以後，流落黔、戎，浮沈於荆、鄂、永、宜之間。則閲理益多，落葉就實，直造簡遠，前輩所謂黔州以後句法尤高。雖然，是猶其形見於詞章者然也。元祐史筆，守正不阿。迨章、蔡用事，摘所書王介甫事，將以瑕衆正而殄焉，公於是有黔、戎之役。鼪狖之所嘷，木石之與居，間關百罹。然至今誦其遺文，則慮澹氣夷，無一毫憔悴隕穫之態，以草木文章發帝杼機，以花竹和氣驗人安樂，雖百世之相後，猶使人躍躍興起也。至其聞龔、鄒冠豸，張、董上坡，則喜溢詞端。荆江亭以後諸詩，又何其恢廣而平實，樂不至淫、怨不及懟也。然而猶爲小人承望時好，捃摭《承天院記》語，竄至宜陽。雖洊離險艱，而行安節和，純終不疵。嗚呼！以其所養若是，設見用於建中靖國之初，將不弭蔡、鄧之萌，而銷崇、觀之紛紛乎，是惡可以詞人目之也？國朝以記覽詞章，嘩衆取寵，非無丁、夏、王、吕之儔，而施諸用則悖。二蘇公以詞章擅天下，其時如黄、陳、晁、張諸賢亦皆有聞於時，人孰不曰此詞人之傑也，是惡知蘇氏！以正學直道周旋於熙、豐、祐、聖間，雖見愠於小人，而亦不苟同於君子，蓋視世之富貴利達，曾不足以易其守者，其爲可傳，將不在兹乎？諸賢亦以是行諸世，皆坐廢棄，無所悔恨。其間如後山，不予王氏，不見章惇，於邢、趙婣婭也，亦未嘗假以詞色，褚無副衣，匪焕匪安，寧死無辱，則山谷一等人也。張文潛之詩曰：「黄郎蕭蕭日下鶴，陳子峭峭霜中竹。」是其爲可傳真在此而不在彼矣。余懼世之以詩知山谷也，故以余所自得於山谷者復於黄侯。侯其謂然，則刻諸篇端，以補先儒之偶未及者焉。侯名申，余同郡人。（影印文淵閣四庫全書本《鶴山集》卷五三）

嘉靖刊本黄先生全書序

（明）徐　岱

山谷者，宋太史黄先生號也；全書者，後人萃其詩文以傳而統名之也；系以年譜、傳、議者，備攷也；附以《伐檀集》者，原所自也；序者，書缺而復全，宜有言也。世傳先生之文久矣，曷爲而有斯刻也？先生寧人也，文獻於是乎徵；嗣於後者存手澤，吏於土者重鄉賢，《全書》所由刻也。刻久而磨滅，弗修之可乎？先生寓蜀之戎、涪，文墨甚富，岱也居鄉而説之。薄游以來，見夫刻者，若《詩集》、若《刀筆》、若《精華》，病其散漫弗具。叨按兹土，訪《全書》於寧，得故刻之半。時建昌郡丞余子載仕攝寧事，購元本補之。新守喬子遷至，乃竟厥工。書凡若干卷，請爲序。夫先生以文鳴於宋，與東坡並稱，時人目曰「蘇黄」，蘇亦薦曰「文絶當世，行配古人」，天下後世信之。文也，行也，先生所以爲賢也。載諸史傳、謚議者，可以想見其風範，後之人蓋亦難焉，不獨巋然元祐之傑而已。其生平志節，雖流落窮荒，終身自若，非大賢而能爾耶？或云文傷元氣，而直取其詩；或云詩及婢妮，而性類於禪。淺乎其爲知矣！紫陽夫子《東都事略》之嘆有以哉：「吾道千載不傳之緒，至周子而後得，當時知其人品者，惟山谷焉。」謂山谷未爲知道，不可也。矧孝友忠信之德本於天性，不以險夷終始而渝，聖賢之道寧外是與？禪學之尚，或有所託耳。岱也觀風先生之鄉邦，表其行以勵俗，求其文以傳世，固職也，未敢曰知焉，於《全書》刻且序。嘉靖丙戌季冬望日，後學西蜀徐岱謹序。（嘉靖本《豫章先生文集》卷首）

嘉靖刊本黄先生全書序

（明）周季鳳

巡按江西、監察御史西蜀徐公以吾寧山谷先生罹史禍，謫涪徙戎，兩川士從之游，以名今日者有自哉，不有寧也。乃檄攝州盱佐余君載仕、新守喬君遷梓其書，以嘉惠吾人。

既自序矣，喬君復侈其盛而徵予言，以再序之。予惟山谷詩文散見宇宙者最多，其全者則寡。初，與先兄南山先生求之瓊山閣老丘公，得《豫章集》三十有六卷，訛脱未慊也。最後因亡友潘南屏時用鈔之内閣，有正集、外集、别集、詞、簡、年譜諸集，凡九十七卷，乃宋蜀人所獻者，或者其全而無遺也哉，於是屬之前守葉君天爵梓行。憂去而寢，板本兩歸殘逸，可恨也。復鈔之，挾以游四方者垂二十年，非其人不授。適聞是，得無欣然而畀乎，而可與其須也。嗚呼！難得者機也，易失者時也，有是不授焉，可乎哉？滯然流布，則自徐公始，時哉機也！而讀者以先生生於宋而爲宋人乎，然其文其詩其行，則非宋也。王直方謂其文邈然有二漢之風，陳無己謂其詩學杜甫而不爲者，蘇子瞻謂其行追配古人，余禹績諸人謂其饑寒窮死，無愧東都黨錮，是誠宋人也哉？又宋儒黄伯起稱其著作合周孔者居多，而流於莊周者無幾。其語人曰：「讀其書而不於其本心之正大不可泯者求之，豈惟不足以知之，恐亦自誤。」予故述之以告人，人不知以爲何如？其父亞夫《伐檀集》二卷，句甚奇崛，世所謂「山魈水怪著薜荔」之體，真黄氏審言，亦閣本附行。校翻刻而一正之者，庠生王朝宗、查應元云。嘉靖丁亥仲春之吉，賜進士出身、通議大夫、南京刑部右侍郎致仕後學周季鳳謹序。（嘉靖本《豫章先生文集》卷末）

重刊涪翁文集跋

（明）周季鳳

事有曠百世而相感者，今古皆然。《涪翁文集》，世不多傳。予嘗并其年譜及其父《伐檀集》，因亡友潘南屏時用抄之内閣，以付前守葉君天爵梓行，間以憂去，板本皆散逸，可恨也。復抄之，挾以遊四方者垂二十年，非其人未輕授。今巡按江西豸史西蜀徐公行吾守喬君補之，因授焉。又□□涪翁，猶山谷，世以配東坡。徐公文移不曰「山谷」，而曰「涪翁」者，「山谷」唐世蠻獠黄氏洞名，翁黄姓也，不宜襲用，稱涪翁亦足以配東坡，此宋儒黄慈谿之言，徐公精考而發之，有自哉！況公風節震一時，實與涪翁千載一類人物。喬君新政卓卓，於此奉行尤謹，誰謂曠百世而相感者，不其然邪？寧川病叟周季鳳跋。（嘉靖本《豫章先生文集》卷末）

嘉靖刊本山谷全書書後

（明）查仲道

先生爲吾分寧先哲，爲宋室奇才，爲西江詩祖。其孝友殊篤，其氣節特異，其造詣精深，其文章瑰瑋。其在當時也，雖片紙隻字之出，人争傳誦。惜乎由宋逮今，涉世既遠，其詩文集刻之流布於海内者，零落散逸，漫不及見已。近雖省郡間有刊刻者，祇詞翰之餘。先生遺文，雖盛弗傳，故人往往以不及見全書爲恨。是編之全，乃吾姻亞卿來軒周公與其伯兄都憲南山公，昔宦游於朝、於浙、於蜀，博求諸薦紳士夫家，傳寫之群書故牘中，章積篇累，歷十數載，僅全此書。珍藏以歸，謀刻諸前守婺源葉君天爵，垂成，適乙丑葉以憂去。中更數守，屬時多事，向未訖工。自乙丑至今，荏苒廿餘載，而版之蠹蝕將半，幾爲朽木矣。惟時大巡西蜀徐公按吾江右，雅重名教，薦檄州郡，拳拳於先哲文獻是徵。而吾守湖南喬君遷適至，欣然從事，悉心規畫，遂命庠士王朝宗、查應元輩復求善本，重加校刻。越數月始克告成，而人人喜獲覩全書爲幸。道生也晚，爲先生鄉人。平生嚮慕，惟先生之忠節孝義。顧學之未能，而恒以後進有忝於前修是懼。至於先生詩文，徒能誦讀之而已，未暇蒐輯。邇者書成，私竊慶幸。乃以喬君之命，敬識數語於後，以記歲月，以見是書求之、校之、刻之之自，皆諸公力也，實有不容泯者。先生詩文，昔人評之者多矣，而其所謂全書者，大巡徐公述之尤詳，無容論已。獨念先生風節行誼，鏗轟一時，炳耀千古。觀其炎荒之竄，鼾寢自若，幾微不形；佞史之斥，言論侃如，争辨無已。雖顛頓萬狀，略不以休戚得喪芥蒂於懷，其胸中浩然之氣，至死不衰。晚節位益黜，名益高，故吾晦菴子朱子稱其不以夷險貳其節操，謂先生之向上在此。此尤吾後人所當景仰師法之者，徒詩與文焉已哉！吾固重表之以自勗，而更以

勗吾鄉之晚生後出者。時嘉靖丁亥仲春望後，分寧後學查仲道拜書。（嘉靖本《豫章先生文集》卷末）

萬曆重刻黄文節山谷先生文集序

（明）方　沆

萬曆甲午春，不佞里居，姻人李若京、若愚遺黄太史《此君軒真蹟》一卷。既冬，遂薄譎艾子，實爲太史枌榆之鄉，蓋有開必先，神命之矣。爰謁祠，祀於旌陽山之麓，次第訪雙井墓祠，率傾圮荒落，無當於大觀。不佞義倡郡父老子弟僝工飭材，逾年而兩祠革故鼎新，廟貌奕奕。因求太史之真蹟，業已散之四方，譬則天球河圖之珍，人間不復快睹。顧遺集，郡有鏤板，異時掌故匪人，主藏不戒，漫漶殘缺，亥豕傳訛，十有其八九。將徼惠於名山之副在，咨諏積歲，罕有完書，緣是闕疑，以待後之君子，慙恧中藏者，九載於兹。不自意假寵太史之靈，門下士周孝廉希令、查生堯安、余生應旂等，以文獻爲己任，慫恿不佞捐薄俸十金，爲都人士嚆矢。於是城内外父老子弟，翕然嚮應，捐助争先，則以出納司之查以修衛使，諏日命工殺梨，補闕删繁。間有統紀未明者，相與校訂而釐正之。雖未敢謂盡善盡美，大都亦可以傳之海内。庶幾哉吉光之片羽、安石之碎金矣！諸生請一言簡端，以垂永永。不佞竊有感於夔龍屈宋之不能兼也。夫以太史之文章氣節，炳耀當年，蘇長公軾見其詩文，以爲「超軼絶塵，獨立萬物之表」，至舉以自代云。瑰瑋之文，妙絶當世，孝友之行，追配古人，斯不亦期牙賞音，千古希遘者耶？乃立朝未幾，竄逐居半，一謫之涪，再徙之宜。太史卒委蛇觀化以終，論世者不無遺憾。要以高躅在鄉閭，芳名垂史册，遺編斷簡，人心且没世不能忘，孰詘孰伸，兹固太史所獨信於冥冥，而皭然於萬物之表者乎！不佞生也晚，竊於太史有曠代知己之感。是役也，其必神與之游，而藉手以終事也歟。爰序其崖略，以授諸生，各甎然邅延而退。萬曆癸卯莫春之吉，前進士、昆明學使者、知寧州事莆中後學方沆撰。（萬曆本《黄文節山谷先生文集》卷首）

萬曆重刻黄文節山谷先生外集序

（明）李友梅

予從點蒼、滇池，萬里而當一州。客謂寧去五雲遠，復僻仄萬山中，無以開發意志，訟嚚而賦逋，若謂予難然者。予顧喜豫章故海内所號文章節義之區，而寧又爲黄魯直太史篤生地所在，見其文咏竿牘，斷金遺璧，猶將浣肅而受焉，恨不得生其時，親其忠孝慈信之心，高朗清虚之節，爲身表型，而獲吏其土，竊於仰止良幸。常恐乎牧理失宜，爲太史太和之治愧，而何芥蔕於遠且僻爲！比下車，肅拜公祠，精英之留穆如也。退而求公言政事者爲吏師，亦無幾焉。獨其言益陽令曹侯御吏嚴而不殘，寬而不弛，納民賦租，吏卒不能與民爲難，儈市爲奸者逃入他境，民歌舞之。又言廬陵守魏侯始至，引見官吏，問救敝所先，下書諭民，戒敕宿負，聽以功除。曹獄累械，遣去三分之二。而公之伯子元明宰萍鄉，其政亦惟猛而不害善良，寬而無長奸宄，如是而已。予憮然而嘆曰：「如公言，爲政寬猛宜適，賦與訟其何難焉。」謹奉公誨，守公之鄉，竭蹶懔慄，夙夜以企，圖惟厥中。再期而嚚者止，逋者來，下不以傷善疑，而上亦幸無以長奸罪也。於以事公，庶無大戾矣乎。先是，守方公梓行公集，而《外集》《別集》缺焉。周太史子儀在燕，有「令人不見全書」之恨，而不以予冗且鄙，屬予通梓之，固予志也。諏日以俸唱，而公之後人暨士大夫懽然起應，幾十閱月而告成。蓋郡故有嘉靖丙戌全本在，去今九十年，漫裂而更完以鮮。其時守爲某郡喬公，而鄉司寇周公實序其首，云前後得之内閣，蜀人所獻，庶幾備而無遺者。周司寇引重於昔，而更得周太史委重於今，事固有天幸與！有進於此者，黃太史雖超軼絶塵，獨立萬物之表，竟以黨事不盡其用；而周太史坦步昌時，颺謨矢歌金馬石渠之間，視所謂石牛、山谷者，會遇何如也？予得以兹役不辱周太史之命，不揣序其由來與志，其幸耳。《外》十四卷，《別》二十卷，合《正集》三十卷。時萬曆甲寅仲秋之吉，前國子監助教、知寧州事滇中後學李友梅撰。（萬曆本《黃文節山谷先生外

集》卷首）

萬曆重刻黄文節山谷先生别集序

（明）王天發

此刻成，内閣蜀本完書復見於世，讀者知其心開眼明，無異聽跫然之谷音而喜矣。自臭味者觀之，不能不心折其道義，一字一句，用以省躬改過。凡事親從兄之大，飲食起居之細，一一求無愧於太史，乃爲有益，乃爲知人知言。若止作文字觀，剽其筆墨之餘以繡鞶帨，則此書一故紙耳。揚子曰：「君子事之爲尚。」彼既不得其行，又惡能深味其言？太史孝友忠信，徹底皆清，後彫於霜雪之後，世能知之；至於瀆義熟仁，不亢不激，鬱然在顔、冉之林，世不知也。何也？節之一字源於矜而流於争，争非聖人不能融也。方太史之罹史禍也，若曰吾直既伸，遑恤其他。之黔之戎之宜，可謂極酸矣，而詩酒江山，蕭條高寄。至於髭髮盡白，無秋毫芥蔕之意見於顔面，非不知不悔，其孰能之？余鈍劣無狀，竊附梓里，爰受命于素交李侯，檢校《外》《别》二集。藉靈竣役，僭紀數言於篇，以志聞知之慶，且見所以尚論幽人之意如此。萬曆甲寅仲秋之吉，里中王天發拜撰。（萬曆本《黄文節山谷先生别集》卷首）

乾隆重刻黄文節公全集序

（清）沈德潛

斯文顯晦之機，操於人乎？操於運會乎？抑亦人與運會合操之也？於《黄文節全集》之刻，而益得其故矣。史贊云：「山谷自黔州以後，句法尤高，筆勢放縱，實天下之奇作，宋興以來，一人而已。」何其推崇之至歟！往時與理堂宋生尚論及之，以爲古人風骨獨存，生則以「欲語羞雷同」稱之，亟賞以爲知言。顧鏤版銷沈，每以不得善本全書爲憾。日月荏苒，忽忽二十年。今歲夏五，理堂書來，中及涪翁文章節操，誠有如文(乃)〔及〕翁所謂不待生而存、不隨死而亡者。而身後六百六十載，崇祀之典缺如，有司實職其咎，頃已入請報可。且網羅詩文於散軼之餘，屬邦之後進磨研而開雕之，乞一言以弁其首。余爲之不勝喜。既喜墜緒之重光，復喜刺史之能盡職業也。當其坐堂皇，治吏事，勾當裁決，朱墨紛紜不暇給，而以其餘力發潛闡幽，無不如所願以償。於以嘆晦而復顯之故，殆有數焉存乎其間，非苟而已也。理堂詩文不宗魯直，疑其所好不在是，而顧惓惓若此，何哉？要其引筆行墨，追古人而與之俱者，吾知其必心心相印也。方今崇儒重道，賢牧伯仰承德意，一力振興，都人士顒顒向風，人與運會合而成斯盛舉，則是集之刊行，豈僅爲文節公一人慶，不重爲吾道慶耶？至其詩其文，先輩論之定矣，兹不序，敘晦而復顯之由云。乾隆乙

西六月，長洲沈德潛撰。（乾隆緝香堂本《黄文節公全集·正集》卷首）

乾隆重刻黄文節公全集序

（清）周　煌

書家於宋四家次文節，而八家之文不與焉。史稱之曰「筆勢放縱，宋興一人」。然則公之文章翰墨，詎有軒輊歟？《鶴林玉露》載公軼事，謂與二蘇同時受貶，而公刺宜州，術者謂宜之於直，若覆釜然，其不復返乎！直固公諱也，後乃果然。豈宜之山川藉公增重乎？抑西江名碩，後先輩出，蒼蒼者欲以其類爲招乎？公之詩文獨闢門户，允所稱「不向如來行處行」者，固當睥睨六朝，頡頏秦漢。顧乃抗衡當代，如廬陵之歐，南豐之曾，臨川之王，皆彪炳六合，地以人重，瓣香弈葉，可以指數。獨公之遺文散見天下，僅以西江宗派配饗杜陵，五七字之外，日就蕪没，求其美而愛、愛而傳者實鮮。豈昌黎所慨「莫爲之後，雖盛弗傳」耶？牧伯理堂宋公莅分寧，以振興文教爲己任。既亟請崇祀，以光俎豆；其於將行也，又復網羅散軼，毅然倡始，輯亡補闕，裒然成集，請序於余。余喜得見全書，復樂公之發幽光於潛德，能使邦後進翕然嚮風也。是集行而斯文之盛，其傳益廣，本所謂「不向如來行處行」者，衣被天下，教人自爲。其於歐、曾諸家，如宫之有徵，如壎之有篪，不且相得益彰，而光采照耀，豈終爲翰墨掩哉！乾隆乙酉九月既望，誥授資政大夫、内閣學士

兼禮部侍郎、江西督學使者涪陵周煌撰並書。（乾隆緝香堂本《黄文節公全集·正集》卷首）

乾隆重刻黄文節公全書序

（清）宋調元

嘗讀《大雅堂記》，而知先生所得力已，其言曰：「妙處乃在無意於文。」又曰：「廣之以《國風》《雅》《頌》，深之以《離騷》《九歌》。」紫陽謂其并不蹈古人町畦；東坡以爲如見魯仲連、李太白，不敢復論鄙事；陸鶇湖比諸優鉢曇花；羅鶴林以「不向如來行處行」稱之。學老杜而不爲後山之瓣香也，争精微於一字，虚谷之法眼也，在宋諸賢，論之審矣。西江作《宗派圖》，配饗杜陵，轉非先生意也。余少即喜先生詩，戛戛獨造，真浣花翁所云「欲語羞雷同」者。文稱是，何敢更（贅）〔贊〕一辭，致誚拾牙後？惟是讀先生詩最夥，文詞則僅見一斑，間於碑搨及諸選中搜羅之，每以未覽全書爲憾。壬午九秋，量移分寧，私心竊喜，以爲得盡讀先生集矣。下車亟訪之，不特古板蔑如，即故家所藏，斷簡殘編，亦幾珍秘不輕示人，因暫輟焉。歲再週，適紳士欒廷彦、胡全浤、周琰、張捷元、吴惠以《内篇正集》至，陳豐、徐名世、朱晚成、胡憑德以嘉靖刻《别集》至，後又得先生裔孫榜澄清所藏李氏補編，於是有明先後諸刻，合之《全集》，計九十七卷，蔚然大觀，美矣備矣。諸君子翕然有同心捐貲付剞劂，相與磨研編削，别類分門，汰《年譜》之冗長者。《伐檀集》爲先生過庭之訓，存之以志先河也。噫！元祐去今垂七百載，先生之姱節修名，所謂不待生而存、不隨死而亡者，其彪炳宇宙，如一日也。獨斯文之瓌瑋妙絶，幾於委地。此而猶悠悠任之，恐數十百年後零落散逸，并區區僅存者而無之矣，誰實職其咎耶？今國家右文崇學之日，微言墜緒，爛然如景星慶雲，昭示來兹，而是集乃成于余，又得此十數子者鼓舞奮興，不誠吾道之幸歟，亦有以覘運會之益隆也！樂識數語於卷端。時乾隆乙酉孟秋，知寧州事元和後學宋調元澹海甫序。（乾隆緝香堂本《黄文節公全集·正集》卷首）

乾隆重刻黄文節公外集序

（清）宋調元

公集之有《外集》者何？曰：以公之所編者外之，故從而外之也。公外之，而世卒仍之者何？曰：不合周、孔，外自公故也。噫！詩也有不合周、孔乎哉？詩也果有外乎哉？問嘗竊論《易》《書》《禮》《春秋》之教皆主理，而《詩》則主情。三百篇以來，而漢魏，而六朝，而唐宋，其間風流相煽，遞相祖述，雖作者變態不一，而紓情遣性，要悉歸於風雅，則是詩一而已矣。公之以「外」别是編也曷故？或者謂公之所爲「外」之者，不過對「内」而言，非真有所去取，而故「外」之也。又或者謂篇中詩多少作，公志在謹嚴，而以外之者，微示雅不欲存見多之意。吁，是果公意也乎？余讀公書而識其略焉。公勵志人倫，制行不苟，觀其與甥駒父往復之語，諄諄告以古人之道，曰：「非法不言，非道不行，文章乃其餘事。」又曰：「忠信孝友，是此物之根本，養以敦厚醇粹，根深蒂固，然後枝葉乃茂。」此則公之治己治人，孜孜求合周、孔者。又其爲詩也，木落江澄，本根常在，而其初未始不以博麗見奇。篇什具在，試取而讀之。其含毫落墨，意匠經營，若鷙鳥之下擊、駿馬之注坡也。其奇駭縱恣，傲岸屈盤，若神蛇之戲海、太華之插天也。其徵材使事，古藻紛披，若球圖之璀璨、彝鼎之矞皇也。其緣情綺麗，音節和雅，若五色之相宣、八音之協應也。故其時蘇長公有「妙絶當世」之譽，王半山有「黄某清材」之嘆。雖公之「外」之者固自有在，而詎知其所爲「外」之者，又正世人之歷劫贊揚不盡者乎？嗟乎！詩自李、杜後，而敝靡極矣。公以磊落卓越之材，爲天下倡，世人未覽全書，不察公所以區别之意，執《外》以爲「外」，且舉所爲合周、孔者鰓鰓而較量之，此又夏蟲之不可以語冰也已。時乾隆乙酉歲仲冬月，緝香堂後學敬撰。（乾隆緝香堂本《黄文節公全集·外集》卷首）

乾隆重刻黄文節公别集序

（清）宋調元

士之享大名、垂休光、照耀後世者，必有一段精英不可磨滅之處，故或以文顯，或以行傳。以文顯，詩書是也；以行傳，節義是也。然而求全人於古人中，則又往往難之，蓋有有其文而行不足者矣，有其行而文不足者矣。若夫有其文兼有其行，欽其行愈以珍其文，吾於吾文節公見之。考公少穎慧，讀書十行俱下。第後宦京師，熙寧、元豐間軒翥詩人之前，世之仰之者若董若韓之如山如斗、如江如漢是也，其文已卓絶矣。擢任史館，直筆無阿曲。待命陳留，條對不屈。貶竄於宜，窮餓以死，中外咸悼惜焉。夫天下所恃以相維者，惟此節義耳，人心耳。人心無息而不行，則節義、文章無時而或絀。當公之復遭讒構，領太平州而罷也，同朝莫與之援，左右莫與之向，獨與三三知己輩文字往還，稱仁誦義，諄復不倦。故其風流所被，隻字片語，敬愛所在，相與流傳，比於玄璧琬琰。此豈非欽其行愈以珍其文者歟？天佑明德，篤生甾裔，百餘年後，乃博求散亡。凡家所藏，曁四方名流所貯，搜羅於正、外集外，集腋爲裘，别裁斯集。嗚乎，勤且勞矣！昔杜進廣藏書，嘗戒子孫云「鬻及借人爲不孝」。李德裕謂「有以平泉一樹一石與人者，非佳子弟」。夫樹與石之微，尚冀兢兢保護如是，則夫垂念先澤，使微言緒論星散不可紀者，朗然揭日月如行中天，其賢且孝何如？予是以嘆公之精英歷久不磨，而又深念甾之惓惓於先人爲尤摯也。第舊刻二十卷，經萬曆編次，尚與正集相謬。《字説》仍混入序類，《西山南浦行記》等篇混入題跋。書簡汰其重者，約爲六卷。凡十九卷，依類分列，俾讀者心開目朗，如登泰岱，如觀河海，誦其書，想見其爲人，庶足以盡全書巨麗之觀也已。時乾隆乙酉歲仲冬月，緝香堂後

學敬撰。（乾隆緝香堂本《黄文節公全集·別集》卷首）

四庫全書總目山谷集提要

宋黄庭堅撰。年譜二卷，庭堅孫䓝撰。庭堅事迹具《宋史·文苑傳》。䓝字子耕，從學於朱子。朱子於元祐諸人，詆二蘇而不詆庭堅，䓝之故也。葉夢得《避暑録話》載黄元明之言曰：「魯直舊有詩千餘篇，中歲焚三之二，存者無幾，故名《焦尾集》。其後稍自喜，以爲可傳，故復名《敝帚集》。晚歲復刊定，止三百八篇，而不克成。今傳於世者尚幾千篇。」云云。然庭堅所自定者皆已不存，其存者，一曰《内集》，庭堅之甥洪炎所編，即庭堅手定之内篇，所謂退聽堂本者也。一曰《外集》，李彤所編，所謂丘濬藏本者也。一曰別集，即䓝所編，所謂内閣鈔出宋蜀人所獻本者也。《内集》編於建炎二年，《別集》編於淳熙九年，《年譜》則編於慶元五年。蓋《外集》繼内集而編，《別集》繼《内》《外》兩集而編，《年譜》繼《別集》而編。獨李彤之編《外集》未著年月，然考《外集》第十四卷《送鄧慎思歸長沙》詩，「慎」字空格，注云「今上御名」，是《外集》亦編於孝宗時也。三集皆合詩文同編，後人注釋，則惟取其詩。任淵所注之《内集》，即洪炎所編之《内集》。史容所注之《外集》，則與李彤所編次第已多有不同。而李彤編《外集》之大意，猶稍見於史注第一卷《溪上吟》題下。惟史季温所注之《别集》，則與𡾊所編《别集》大有捂拄，此則原本與注本不可相無者矣。又《外集》第十一卷以下四卷，詩凡四百有奇，皆庭堅晚年删去，而李彤附載入者。此則任、史三注本皆未之有，庭堅之詩，得此而後全。又其中有與《年譜》相應者。𡾊編《年譜》時，皆一一分注某年某事之次。而今但據三集檢其目，則《年譜》有而本集無，故此四卷尤不可廢也。𡾊之《年譜》，專爲考證詩文集而作。故刻全集必當兼刻《年譜》。而近日刻本，或删節《年譜》，或删併卷次，或移易分類，以就各體，或專刻一集，而不及其全。此本刻於明嘉靖中，前有蜀人徐岱序，尚爲不失宋本之遺，非外間他刻所及焉。（《四庫全書總目》卷一五四）

同治重刻黄山谷先生全集序

（清）劉坤一

往予守藩粤西，數以軍事往來思田、慶遠諸境。慶遠於宋爲宜州，舊有清風閣，祀宋黄文節公，楊誠齋《記》所謂「湖光前陳，曠野洞開」者，惜其時師行孔棘，未及登臨憑吊也。比撫江右，分寧距會城不四百里，亦思一訪雙井山川之勝，謁公犀津專祠，瞻拜遺像，又以簿領牽率，迄不果。治官文書暇閑，取公集瀏覽諷誦，以志景仰而已。公集自北宋後，槧本無慮數十，行世者以乾隆中緝香堂本爲最。歲久漫漶，板遂散失，承學之士，頗以不得讀公全書爲憾。公裔孫等乃聚其族之人重刻之，讎校精審，頓還舊觀。既畢工，請予序其簡端。予謂公詩文，落筆奇妙，沾丐後人，垂八百載，正復窺測不盡。惟洪玉父序《退聽堂録》則云「公遠聲利，薄軒冕，憂國愛民，忠義之氣藹然見於筆墨之外」。烏虖，足以盡公之生平矣！西江詩、古文辭代稱極盛。近歲被兵，古書善本十亡八九，士能以别集成一家言者頗不多覯。豈抗心希古之流皆密爾自娱，不欲表襮以問世歟？抑墳籍闕佚，無刊布先哲遺書者以爲之倡歟？斯集出，而西江宗派墜緒可尋，庶幾家著作而户騷雅，此則予讀公集而不能已於言也夫。同治戊辰，夫彝劉坤一謹撰。（光緒義寧州署重刊本《山谷全書》卷首）

光緒重刻黄文節公遺集序

（清）德馨

有宋分寧黄文節公，以詩文名天下，與眉山蘇子瞻氏相頡頏，世以「蘇黄」并稱。元遺山云「中天坡谷兩嶙峋」者，歷七八百年而無異議。然其詩文之顯晦，誠如沈文慤所謂人與運會合操之也。靖康丙午以前，有挾書之禁；至建炎中，洪玉父氏始裒輯爲《退聽堂録》，刻以行世。至嘉靖間，經西蜀徐岱訪得故刻之半，編爲全書。國朝乾隆乙酉，又行元和宋理堂網羅散佚，重爲開雕，是爲緝香堂本。咸豐間，疊遭兵燹，毁棄無存。同治戊辰，其裔孫重刻之。二十餘年來，版片又復零落。湘中黄菊秋刺史權篆義寧三次矣。昔年雙井報有古墓傾圮者，菊秋親往勘之，見有墓碑，搨而視之，乃文節公之曾祖也，遂封樹之，傳爲佳話。今於政通人和之餘，捐俸重刊緝香堂《山谷全書》，豈江夏之望同出一源耶？洪玉父爲文節外甥，固宜珍守。徐岱巡按是邦，宋理堂曾刺寧州，此蓋吏於土者景仰前賢之意。吾願今之牧民者推菊秋之用心，蒐羅文獻，如廬陵之歐陽、臨川之王、南豐之曾、清江之三孔，次第刊布，以惠承學之士，上以答朝廷稽古右文之治，豈非運會之隆盛者歟！予既睹其剞劂之成，而樂書數語於簡端。時光緒二十年歲次甲午夏六月卜浣，撫江使者長白德馨撰。（光緒義寧州署重刊本《山谷全書》卷首）

光緒重刻黄文節公全集序

（清）方汝翼

自古文章有能載道以出者，自足與天地爲終始，雖其間或顯或晦，亦關氣運之盛衰，而不知天之維持於不敝者，早生其人以爲之繼大道之薪傳，尚已。仲尼祖述堯舜，孟氏私淑孔子，明道、伊川、紫陽諸子則又表彰孔孟，而分道之一體者若《詩》《書》，若《易》《禮》，若《春秋》，毛萇、伏生、田何、戴德、戴聖、張蒼、賈誼之徒，又自各有專家，衍師承於不墜。是載道之文，未有不永其傳者也。有宋分寧黄山谷先生全集，自宋迄明，代有槧本，而要以緝香堂本爲最。緝香堂者，國朝乾隆間分寧刺史宋理堂之所刻也。其書集前賢之大成，散者輯之，缺者補之，體以類從，卷以目標，山谷全集於焉大備。嗣經兵燹，燬佚無存。其後裔雖有續刻之舉，而原板星散，無從集合，則斯文繼絶之交，天正待其人以付之矣。湘南黄子菊秋官江右，三權寧州篆，文章政事卓有可觀。今夏郵寄其所重刻《山谷全集》，問序於余。余詳加披閲，見仍仿緝香堂之刻，而蒐羅宏富，采擇精詳，殆又過之。乃知其寢饋於斯集者深，而修己治民之所以卓著於世者，其取法蓋有自也。山谷清風亮節，爲有宋一代名臣。坡老謂其文妙當世，行追古人。紫陽嘗謂吾道不傳之秘，至濂溪周子而始傳，而光風霽月，惟山谷能道其氣象。由二子之言觀之，山谷固文以傳道者也。山谷之文以傳道，則道自有傳人。然則宋氏理堂而後衍山谷之傳者，舍黄子其誰與歸！以例毛萇之傳《詩》，伏生之傳《書》，田何之傳《易》，戴德、戴聖之傳《禮》，張蒼、賈誼之傳《春秋》，殆無愧焉。黄子爲山谷傳，即爲斯道傳，由此益加精進，將不惟傳道之一體。吾爲黄子勉，尤願繼黄子而起者，亦如黄子之傳山谷，誠斯道之大幸，抑余所厚望者夫。光緒甲午仲夏，古樊輿方汝翼序於薇署内省齋之西偏并書。（光緒義寧州署重刊本《山谷全書》卷首）

光緒重刻黄文節公全集序

（清）盛炳緯

文以載道，詩以言志，其源實一，孔子「志於道」之謂。董江都曰「詩道志，故長於質」。

質者，詩之本也。然而三百篇詩發於忠孝，止乎禮義，必比物類事，然後油然動人，質而有文在焉。漢、魏雖有隆替，而去古未遠，得《國風》之意爲多。典午而降，敦厚之旨半汩没於哇靡之音，陶、謝各樹一幟，文質亦失厥中，此外無譏焉。有唐一代以詩取士，中葉李才杜學，韓奇白真，諸造其極，詩之源流至是爲盛，風氣亦自是而開。宋興百年間，觀文成化，文章洗五季之陋，則有歐陽公，而蘇子瞻繼之。道學則源於濂溪。維時與子瞻游而獨知濂溪者，則有豫章黄先生。先生以詩鳴世，文雖不如子瞻，而遺詞隸事，光焰萬丈，詩即大文，故司馬文正稱爲好學有文；道雖不如濂溪，而樂天忘憂，根諸心性。詩有至道，即先生所謂以質厚爲本者也。陳後山謂其學老杜而不爲，猶知之未盡。其詩孕育於彭澤，追轢乎昌黎，而忠愛之忱，則於老杜爲近，同時惟子瞻旗鼓相當。子瞻筆力奔放勝於黄，才似太白；黄詩氣味淵厚勝於蘇，學似老杜。故宋之蘇黄，猶唐之李杜。蘇黄皆以筆墨賈禍，蘇雖達而莫解磨蝎，黄垂老而益泊風塵，儻所謂詩能窮人與！雖然，先生之學行，能使百世下聞風興起，俎豆而社稷之，而不能免當日章、蔡、趙、陳二三小人之爍金銷骨。忌先生者能摭片語隻字，以烏有爲事實，以文章爲罪讞，而不能使其遺稿不衣被後人，球璧剞劂。蓋其所得自爲者，人也，理也；所不得自主者，天也，數也。卒之微而顯，顯而晦，晦而復顯者，天與人之相值，理與數之相總也。讀先生書、志先生行者，可以興矣。先生集分合編次，凡數易。初編於洪玉父，次續於黄子耕。前明查學夫僅删詩爲《内篇》，嘉靖間周來軒冕弟得全集於丘文莊及潘南屏，南屏得自内閣，爲宋蜀本，視丘本卷次加多。國朝乾隆間，宋理堂刺寧州，取嘉靖舊刻，删節年譜，附注詩篇，次爲八十一卷，是爲緝香堂板。同治間復有續刊，皆已燬佚。至是，黄刺史壽英任寧，乃取緝香堂本，益以行世《刀筆》及流傳石刻，原刊所缺且遺者，葺爲續集，付之梓氏。工將竣，函請予敘。余始病翁覃谿學士校上内府今時通行之本，但據任、史兩家之注，專以詩行，而文闕如。今得刺史來書，喜全豹之將復見也。嗟夫！先生之節具於史官，不必以詩文重，而詩文自足重矣。宋黄東發言：「涪翁之説能垂芳百世者，實以天性之忠孝，吾儒之論説。讀其書而不於其本心之正大不可泯没者求之，豈惟不足知涪翁，亦恐自誤。」諒哉斯言！天性忠孝，質也；吾儒論説，文也。不惟其文，惟其質，惟其所以爲文質者，故不可得而泯没也。讀者勿僅求之格律文辭之間，誤先生而以自誤也夫！光緒二十年九月，江西督學使者鎮海盛炳緯謹序。（光緒義寧州署重刊本《山谷全書》卷首）

光緒重刻黄文節公遺集後敘

（清）陳寶箴

善化黄菊秋刺史牧義寧，重刻宋黄文節公遺集既成，郵書寶箴武昌，屬敘其後。江右人文，自東晉陶靖節而外，於北宋號稱極盛，廬陵、臨川二公，首以文章道術倡導天下，聲名位望，皆足以相副。文節公僻處分寧萬山中，與眉山蘇氏踵起相頡頏，各以其亮節高懷窮極文章之變化，天下號曰「蘇黄」，曠百世而無異辭，固命世之豪傑哉！公名輩差後於蘇，當時交相引重，有笙簏之相應和。觀坡公薦公自代語，迥非秦、晁諸人所能望。然公終其身見嫉於章、蔡，阨抑之使不得發舒其志意，視東坡殆尤甚焉。獨其文采照耀千古，雖寸縑隻字，益久而人益加貴愛，有謂讀公詩如見魯仲連、李太白，不敢復論鄙事，其足以感發人心，可謂至矣。公游詠所經，後之人流連追慕，至不惜牽涉附會，表章幾無餘藴。分寧爲公所生之鄉，流風所被，尤深且久。外間傳刻山谷《内》《外》集不少概見，而吾州自宋刺史調元（嘉慶）〔乾隆〕中鋟版燬失後，僅刻於公裔孫家，學校或鮮誦習，豈非承學之士之咎也歟！刺史凡三牧吾州，治行卓然，每至必有所建立，而要以培植風教爲急務。既創建文節祠於南崖，復取公詩集、文集洎生平書牘所自署爲《山谷刀筆》者，整齊編次，授之梓人，俾州人士讀公書者取之自近，以致其景仰，興發其志意。微獨文節之書將流傳益遠，其用意蓋尤可謂知本矣。寶箴私竊自幸倚附鄉里之末，親睹刺史之勒成此書，又益以是增予心之疚愧矣。光緒二十年仲冬月既望，同里後學陳寶箴。（光緒義寧州署重刊本《山谷全書》卷首）

光緒重刊黄文節公全集跋

（清）黄壽英

公詩文當有宋時即遍傳海内。元、明之世，槧本無慮數十，至嘉靖、萬曆兩刻，始合《正》《外》《别》三集爲全書。代遠年湮，無從目睹。乾隆乙酉，緝香堂校刊之板，拾遺補闕，别類分門，裒然更臻美備。粵匪之變，盡毁於兵。其後裔雖曾重刊，板亦散軼。千秋鉅製，一旦淪胥，何以闡發前徽，楷模後進？壽英不敏，三攝寧篆，幸得登其丘隴，瞻其廟貌，親挹流風餘韻，慰生平仰止之心，用敢訂謬勘訛，重付剞劂。規模體制，一以緝香堂爲準，惟將行世《刀筆》及墨跡、石刻，凡全書中所未收者，悉爲補刊，名曰《續集》。非敢妄厠纘修之列，亦以先賢手澤，吉光片羽，不敢有遺，庶俾天下後世得窺全豹。抑又思之：斯文之顯晦，雖關時數，亦存乎人。昔宋理堂刺寧，校刊公集，并建犀津專祠，百十年來，賴以不墜。今壽英不先不後，適當絶續之交，幸託公之靈，既得從事於書，而南山巖之祠亦觀厥成，不可謂非時數之所值也。有賢者起，踵而繼之，千百年勿替，則後之視今，猶今之視昔也，不又存乎其人哉！至公之文章節義，高絶千古，前人言之詳矣，壽英不敏，何庸更贅一辭焉。光緒二十年甲午孟秋，知義寧州事、湘西後學黄壽英謹跋。（光緒義寧州署重刊本《山谷全書》卷首末附）

宋黄太史公集選序

（明）張有德

理學、詞賦之分歧也自宋始，故洛、蜀之黨，不必皆其徒爲之，而子瞻遂遷謫無虚日。魯直齊名四學士，人寔常並稱「蘇黄」，以擬子瞻。黔、戎安置，詞賦爲崇，子瞻等耳。然當其拘就畿邑，雜問史條，一一置對，不因惇、卞屈片語，孰謂詞賦之士無磊磊度外生死者？無求生以害仁，則一臠而鼎味可知也。魯直文故稍遜子瞻，而清舉拔俗，亦自亹亹。書尺題讚，大言小語，韻致特超。禪臻悟境，詞著勝情，詩昂藏突兀，廣博敷舆，要之不能不宋。而以彼學則傾崑，才則扛鼎，見地悍悍，運管靡礙，斯足傳矣。今學士大夫嗜古成癖，過宋輒詆，而詎知夫唐之不能無宋，猶漢魏六朝而來不能無唐宋。第隘于局，故氣弗揚，障于理，故詞弗振，而刻心劌腎，博聞多識，以宋論宋，何必借才異代？故今學士大夫能揜其面目以號于人曰：「吾文必漢，詩必唐。」而其合者未必如優孟之抵掌。宋即不能揜其面目以號于人曰：「吾文必漢，詩必唐。」而其至者亦得似象罔之探珠，則魯直之概可知也。此直指際虞崔公復選魯直集意乎！公淹貫千古，搜剔萬象，蓋夙稱文匠，而忠毅任事，著聲惠文。邇者觀風中土，如藩邸遊盤，礦金抵納，暨税役咆哮，俱事關廟社，稍不中竅，恐未易不虞意外；而公直談笑辨之，上下官民交不爲痡，俾國家奠基有永，遠邁宋祚。獨公得行其志，以消禍胎而隆遠施，魯直諸君子輩又不得望下風而希今日之遇者。經術經世，公徒詞賦云哉？若夫棄取中程，錙累無爽，即魯直復生當首肯，郎鑒謝彈不具論。時萬曆二十七年歲次己亥季夏吉旦，賜進士、南京户部山西司主事、前奉敕督理通惠河道、兼管倉廠等務、工部都水司郎中汴南張有德書。（萬曆崔氏大梁刊本《宋黄太史公集選》卷首）

黄陳詩注序

（宋）任　淵

大凡以詩名世者，一字一句必月鍛季鍊，未嘗輕發，必有所考。昔中山劉禹錫嘗云：「詩用僻字，須要有來去處。」宋考功詩云：「馬上逢寒食，春來不見餳。」嘗疑此字僻，因讀《毛詩》有瞽注，乃知六經中唯此注有此「餳」字。而宋景文公亦云：「夢得嘗作《九日詩》，欲用餻字，思六經中無此字，不復爲。」故景文《九日食餻》詩云：「劉郎不肯題餻字，虛負人間一世豪。」前輩用字嚴密如此，此詩注之所以作也。本朝山谷老人之詩，盡極《騷》《雅》之變，後山從其游，將寒冰焉，故二家之詩，一字一句有歷古人六七作者，蓋其學該通乎儒釋老莊之奥，下至於醫卜百家之説，莫不盡摘其英華以發之於詩。始山谷來吾鄉，徜徉於巖谷之間，余得以執經焉，暇日因取二家之詩略注其一二。第恨寡陋，弗詳其秘，姑藏於家，以待後之君子有同好者相與廣之。政和辛卯重陽日書。（臺灣「中央圖書館」藏

黄陳詩注序

（宋）許　尹

六經所以載道，傳之後世，而詩者止乎禮義，道之所存也。周詩三百五篇，有其義而亡其辭者，六篇而已。大而天地日星之變，小而鳥蟲草木之化，嚴而君臣父子，别而夫婦男女，順而兄弟，群而朋友，喜不至瀆，怨不至亂，諫不至訐，怒不至絶，此詩之大略也。古者登歌清廟，會盟諸侯，季子之所觀，鄭人之所賦，與夫士大夫交接之際，未有舍此而能達者。孔子曰：「爲此詩者，其知道乎。」又曰：「不學詩，無以言。」蓋詩之用於世如此。周衰，官失學廢，大雅不作久矣。由漢以來，詩道浸微，陵夷至于晉、宋、齊、梁之間，哇淫甚矣。曹、劉、沈、謝之詩，非不工也，如刻繒染縠，可施之貴介公子，而不可用之黎庶。陶淵明、韋蘇州之詩，寂寞枯槁，如叢蘭幽桂，可宜於山林，而不可置於朝廷之上。李太白、王摩詰之詩，如亂雲敷空，寒月照水，雖千變萬化，而及物之功亦少。孟郊、賈島之詩，酸寒儉陋，如蝦蟹蜆蛤，一啖便了，雖咀嚼終日，而不能飽人。惟杜少陵之詩，出入古今，衣被天下，藹然有忠義之氣，後之作者，未有加焉。宋興二百年，文章之盛，追還三代。而以詩名世者，豫章黄庭堅魯直，其後學黄而不至者，後山陳師道無己。二公之詩，皆本於老杜而不爲者也。其用事深密，雜以儒佛，虞初稗官之説，雋永鴻寶之書，牢籠漁獵，取諸左右，後生晚學，此秘未睹者，往往苦其難知。三江任君子淵，博極群書，尚友古人，暇日遂以二家詩爲之注解，且爲原本立意始末，以曉學者，非若世之箋訓，但能標題出處而已也。既成，以授僕，欲以言冠其首。予嘗患二家詩興高遠，讀之有不可曉者，得君之解，玩味累日，如夢而寤，如醉而醒，如痿人之獲起也，豈不快哉！雖然，論畫者可以形似，而捧心者難言；聞弦者可以數知，而至音者難説。天下之理，涉於刑名度數者可傳也；其出於刑名度數之表者，不可得而傳也。昔後山《答秦少章》云：「僕之詩，豫章之詩也。然僕所聞於豫章，願言其詳，豫章不以語僕，僕亦不能爲足下道也。」嗚呼，後山之言，殆謂是耶？今子淵既以所得於二公者筆之於書矣，若乃精微要妙，如古所謂味外者，雖使黄、陳復生，不能以相授，子淵尚得而言乎？學者宜自得之可也。子淵名淵，嘗以文藝類試有司，爲四川第一，蓋今日之國士，天下士也。紹興乙亥冬十二月，鄱陽許尹敘。（臺灣「中央圖書館」藏南宋建本「當爲明初刊本」《山谷黄先生大全詩注》卷首。參見武英殿聚珍版《山谷内集詩注》卷首，《皕宋樓藏書志》卷七六。）

山谷内集詩注序

（宋）任淵

近世所編《豫章集》，詩凡七百餘篇，大抵山谷入館後所作。山谷嘗仿《莊子》，分其詩文爲内、外篇，此蓋内篇也。晚年精妙之極，具於此矣。然詮次不倫，離合失當。今以事繫年，校其篇目，各如本第，其不可考者，即從舊次，或以類相從。詩各有注，離爲二十卷云。（武英殿聚珍版《山谷内集詩注》卷首）

紹定刊山谷黄先生大全詩注跋

（宋）黄　埒

先太史詩編，任子淵爲之集注，板行於蜀。惟閩中自坊本外未之見，豈非以平生轍迹未嘗至閩故耶？埒家藏蜀刻有年，試郡延平，以鋟諸梓。且《憩寂圖》二詩，舊亦僅著其目，參考家集，遂成全書。句裏宗風，埒豈識其趣，獨念高、曾規矩，百工猶究心焉，手披口吟，不敢廢墜。世之登詩壇者，相與共之，以壽斯派，亦先太史之志也。紹定壬辰日南至，諸孫朝散郎、行軍器監主簿、兼權知南劍州軍州兼管内勸農事、節制本州屯戍軍馬、借緋埒拜手敬識。（明朝鮮覆刊宋紹定壬辰延平本《山谷詩集注》附，參見光緒刊本《山谷内集詩注》末附。）

閩憲刊黄山谷内集詩跋

（宋）徐經孫

太史黄公詩有《内》《外》集。夫任氏所注者《内集》，板木雖多，而其烏鳥傳寫之誤，亦自不少。暇日稍加較正，刻之閩憲，始與鄴城所刊鄴室《外集注》并傳之。（影印文淵閣四庫

全書本《矩山存稿》卷三）

山谷外集詩注引

（宋）史　容

山谷自言欲仿莊周分其詩文爲内、外篇，意固有在，非去此取彼。今《内集》詩已有注，而《外集》未也，疑若有所去取焉者，兹豈山谷之意哉？秦少游《與李德叟書》云：「黄魯直過此，爲留兩日。其《敝帚》《焦尾》兩編，文章高古，邈然有二漢之風。今時交游中，以文墨自業者，未見其比。」又簡參寥云：「魯直近從此赴太和令，得渠新詩一編，高古絶妙，吾屬未有其比。僕頃不自揆，妄欲與之後先而驅，今乃知不及遠甚。」赴太和，蓋元豐庚申歲，而《焦尾》《敝帚》即《外集》詩文也。其爲時輩所推如此。建炎間，山谷之甥洪玉父爲胡少汲編《豫章〔集〕》，獨取元祐入館後所作，蓋必有謂，未可據依，此續注之所不得已也。因以少游語冠篇首。其作詩歲月，往往附見，有不可考者，不强爲之説也。詩有古律，悉從舊次。舊多舛誤，略加是正，餘且從疑，以俟博識。（四部叢刊續編本《山谷外集詩注》卷首）

山谷外集詩注序

（宋）錢文子

書存于世，惟六經、諸子及遷、固之史有注其下方者，以其古今之變，詁訓之不相通也。而今人之文，今人乃隨而注之，則自蘇、黄之詩始也。詩動乎情，發乎言，而成乎音。人爲之，人誦之，宜無難知也。而蘇、黄二公乃以今人博古之書，譬楚大夫而居于齊，應對唯諾，無非齊言，則楚人莫喻也。如將以齊言而喻楚人，非其素嘗往來莊嶽之間，其孰能之？山谷之詩，與蘇同律，而語尤雅健，所援引者乃多于蘇。其詩集已有任淵、史會更注之矣，而公所自編集者，猶不易通，史公儀甫遂繼而爲之注。上自六經、諸子、歷代之史，下及釋、老之藏，稗官之録，語所關涉，無不盡究。予官成都，得于公之子叔廉而（夜）〔徧〕閲之，其於山谷之詩既悉疏理，無復凝結，而古文舊事因公之注，所發明者多矣。夫讀古人之書，得之於心，應之于手，固非區區采之簡册而後用之也；而爲之注者，乃即群書而究其所自來，則注者之功宜難于作。而公以博洽之能，乃隨作者爲之訓釋，此其追慕先輩、（加）〔嘉〕惠後學之意，殆非世俗之所能識也。昔白樂天作詩，使嫗讀之，務令易知；而揚子雲草《太玄》，其詞艱深，人不能通，乃曰「後有揚子雲，必好之矣」。古之君子，固有不徇世俗而自信於後世之知我者。若公於山谷，既以子雲而知子雲，其爲之訓釋，則又諄諄然爲人言之，是亦樂天之志也。公，蜀青衣人，名容，號薌室居士，仕至太中大夫。晚謝事，著書不自休，嘗爲《補韻》及《三國地名》，皆極精密。今年餘七十，耳目清明，齒髮不衰。他日傳于世者，又將不止于數書而已也。嘉定元年十二月乙酉，晉陵錢文子序。（四部

叢刊續編本《山谷外集詩注》卷首）

閩憲刊山谷外集詩注跋

（宋）史季温

先大父薌室先生所注《山谷外集詩》，脱藁之日，永嘉白石錢先生文季爲之序引，鋟木於眉，蓋嘉定戊辰歲也。是書已行於世。其後大父優游林泉者近十年，復參諸書，爲之增注，且細考山谷出處歲月，别行詮次，不復以舊集古、律詩爲拘。考訂之精，十已七八，其間不可盡知者附之本年。蜀板已燬，遺藁幸存，今刻之閩憲治，庶與學者共之，并以大父實録、本傳附見。淳祐庚戌嘉平旦日，孫朝請大夫、福建路提點刑獄公事季温百拜謹跋。

（《抱經樓藏書志》卷五四。參見武英殿聚珍版《山谷外集詩注》卷首。）

豫章外集詩注序

（宋）洪咨夔

天降時雨，山川出雲，故《嵩高》《烝民》之咏，不于人物之盛，而於其生。我朝列聖以人文陶天下，學問議論文章之士，莫盛於熙、豐、元、紹間，其生也類在於神宗朝。如詩家曰蘇、黄，曰黄、陳。蘇公生於景祐，陳公生於皇祐，而豫章生於慶曆。天地清寧，日月正明，禀於氣者全也。公得清寧正明之全氣，氣全而神王，挾豐隆，騎倒景，飄飄乎與造物者游。放爲篇章，超軼絶塵，獨立萬物之表，坡翁蓋心服之，而後山師焉。其集嘗擬《莊子》分内、外篇，《外集》如韓淮陰驅市人，背水而戰，暗與兵法合；《内集》如諸葛武侯八陣，奇正相生，鬼神莫窺其奥，彙分之意嚴矣。君子之學日進而日新，日新而日化。進則人，新則道，化則天。逝者如斯，不舍晝夜，正以是也。文與詩亦然。論詩者不泝其始，無以知其進而新；不極其終，無以知其新而化。《内集》斷自入館以後，極其終矣；《外集》起初年《溪上吟》，泝其始也。眉山任處士驥其成，擺落科舉之累，真積於學者，無不覽，愛公詩若嗜欲然。以《内集》有任子淵注，因注《外集》十二卷，攷年譜以推出處，用事必求其意，用字必探其原，勤且博至矣。或以詩嘗經公手刪，而疑其多愛；然使學者盡見前輩少年至老之作，以觀日新日化之功，雖多不厭也。子逢博習有家法。方注詩時，兩髦耽耽，檢書捧硯，領退而學詩之意。今以名卿守蜀，白首矣。懼父書無傳，力自校讎，鋟而公諸世。萬里信來，俾序之。某晚出，未闖其藩，何敢贅疣？攻媿謂《宋宗儒摘阮歌》《戴道士彈琴書》，不知何以分内、外，當有能辨之者。余聞李衛公好惠山泉，置驛取水。有僧言長安昊天觀井水與惠山泉通，雜他水十餘缶試之，僧指其二曰：「此惠山泉也。」文饒爲罷水驛。欲知内、外之辨者，請以是觀之。（影印文淵閣四庫全書本《平齋集》卷二九）

注黄詩外集序

（宋）魏了翁

鄧公立注釋黄公詩，前劉後李，既爲識所以作，厥子震龍又求予申其義，予無所措辭矣。予嘗讀三《禮》，於「生子」曰「詩，負」，於「祝嘏」曰「詩，懷」。乃知詩之爲言，承也。情動於中，而言以承之，故曰詩，非有一毫造作之工也。而後世顧以纂言比事爲能，每字必謹所出，此詩注之所以不可已。姑識其説，以明世道之升降云。（影印文淵閣四庫全書本《鶴山集》卷五五）

弘治刊本黄文節公詩注序

（明）張元禎

先生魯直，庭堅，名字也；山谷，宋到今即其自號而尊稱之者。嘗與張耒、晁補之、秦觀四人同游蘇東坡門，號四學士，然士論特舉先生以媲蘇，曰「蘇黄」。其爲人慈祥，其德行於孝友殊篤，其節操不以夷險貳，吾晦菴朱子稱以「粗爲向上」在此。其識詣多得之釋氏，其文章則尤長於詩，觀之斯集可知。東坡譽以「超軼絶塵，獨立萬物之表」，陳師道後山評以「得法杜甫，學杜而不爲」；又論詩者謂詩各有派，先生則江西詩祖也。寧，南昌屬縣，先生其縣人。縣閭右有陳鳳岐者，知重先生，圖刻其詩文，以諗於予，予遍爲訪之，莫得。斯集乃今提學僉憲莆田黄未齋仲昭家故所有者，未齋愛之，每笥以自隨。行縣次寧，勸督暇，因出之示諸生。時鳳岐已物故，其沛、沾二子躍然跽請：「玆先人嘗圖刻於張東白内翰，弗得而卒。公幸賜焉，一以彰先正久晦之遺文，一以終先人之志而瞑其目於地下。」公喜而亟與之，更躬爲校正，以成二美。刻既，沛來謁序，序以歸之。弘治丙辰春三月既望，賜進士出身、南京翰林院侍讀學士、奉訓大夫、前經筵官、兼修國史郡人張元禎序。（弘治刊本《山谷黄先生大全詩注》卷首）

嘉靖刊黄詩内篇序

（明）蔣　芝

宋之詩以蘇、黄盛，故黄詩多傳。其始集者，有任淵氏、洪炎氏、王子飛氏、黄罃氏，凡四家。建中靖國以後，山谷將命其平生著作曰内、外篇，《内篇》取合周孔者也。嗟夫！傳山谷之詩非一世，尚論者又非一賢，至曰上軋魏、晉，兼沈、謝，包曹、劉，而反遺登山觀海之志，豈理也乎！古之君子以身寄斯文者，不益於治，則益於教。山谷在二三真儒中，志與學蓋的然向周孔者，故《内篇》有風人之遺教焉。何也？本之有孝愛，宣之有忠誠，樹之有風節，居之有義命，由是發於聲詩，則機籟之鳴，性情之會，中和懿秀之微也，有弗可以興乎？最其直道，仕不逢辰，斂而俛焉，入乎窮荒，大難不疑，而自得以没齒焉，忘其境履之危也。其爲詞蹶而肆，窮而愈工，和平婉厚之氣，想味猶見，有弗可以興乎？故曰風人之遺教也，惡得而無傳？分寧後人查子學夫得蜀本，出而不私，用山谷初意正名是集，以成四家所未就，又以濂溪詩冠之，可謂有見乎此者矣。詩在元祐戊辰後者曰《退聽堂録》，初在太平者録數篇，在德平者半之。建炎戊申，洪炎氏撰次刻本，又自鄂、道、潭、衡以後盡得之。蓋斷自《退聽堂》始，亦既入史館後也，視全集才十之三。要之四家親炙詩教，凡所編會，於是乎爲精爲要，得是篇而全集可略矣。夫全集多真贋龐贅，至《精華録》則復恨太簡，《内篇》其庶矣乎！余蜀産，夙飲涪翁風澤，又幸守其鄉，與處其後人，思廣其教，傳美之役，豈異人任邪？用託之梓氏以傳，悉如查子。存考證四條，字校句正，爲詩七百一十二首，卷十四。續二太常謚議、史傳、周公儀氏《别傳》，庶徵者足以興、興者足以徵也云爾。成都蔣芝序。（光緒義寧州署重刊本《山谷全書》卷首）

嘉靖刊黄詩内篇序

（明）查仲儒

成都蔣芝序曰：「宋之詩以蘇黄盛，故黄詩多傳。其始集者，有任淵氏、洪炎氏、王子飛氏、黄謍氏，凡四家。建中靖國以後，山谷將命其平生著作曰内、外篇。《内篇》取合周孔者也。嗟夫！傳山谷之詩非一世，尚論者又非一賢，至曰上軋魏、晉，兼沈、謝，包曹、劉，而反遺登山觀海之志，豈理也乎？古之君子以身寄斯文者，不益於治，則益於教。山谷在二三真儒中，志與學蓋的然向周孔者，故《内篇》有風人之遺教焉。何也？本之有孝愛，宣之有忠誠，樹之有風節，居之有義命，由是發於聲詩，則機籟之鳴，性情之會，中和懿秀之徵也，有弗可以興乎？最其直道，仕不逢辰，斂而俛焉，入乎窮荒，大難不疑，而自得以没齒焉，忘其境履之危也。其爲詞蹶而肆，窮而愈工，和平婉厚之氣，想味尤見，有弗可以興乎？故曰風人之遺教也。」又曰：自孔子來，其是非趨向與孔子合者，惟孟子一人。夫孔子之志在周公，孟子學孔子者也，知孔孟則知周公之道在孔孟矣。矧孔孟既往，正學弗傳，上接正學如濂溪周子，在賢者猶未能識，而先生獨知之，肯倣莊周也與哉？故儒先黄文潔稱其著作合周孔者居多，真名言矣！惜洪氏能承先生命，未表「内篇」之名；任淵氏能表其名，未悉夫義。儒因先生志，以《内篇》易詩集名。惟詩集舊以上蘇文忠公詩爲冠，儒復於楚詞中取濂溪詩冠詩之首，亦先生之志也。自知僭易，然儒先生鄉人也，求先生之志，爲表見之，雖僭弗辭。外嘗録先生古今傳議四篇以自淑者，并附録卷末。猶懼夫荒昧，考證弗詳，得請於郡守對溪先生。對溪，兩川人賢也，習先生甚悉，遂欣就手校，序且刻以遺我寧人，復示儒曰：「名義取冠，實稱先生志，而先生入館之精華、素履之根實，不煩縻歲月，可計日考見。寧之人有志於先生者，循是求之，思過半矣，不有考證之功歟?」儒卒承教。夫惟彰往哲以覺來脩，對溪之用心仁矣。仁人之心惟是貫徹，儒何功焉?僭復敘其請校之概如此。若先生詩文傳議已有定論，不庸及。嘉靖癸巳孟秋七月望日，寧後學查仲儒學夫書于沙溪草堂。（明嘉靖癸巳蔣芝刊本《黄詩内篇》卷首。參見臺灣《「中央圖書館」善本序跋集録》）

四庫全書總目山谷集詩注提要

臣等謹案《山谷詩内集注》二十卷，《外集注》十七卷，《别集注》二卷，宋任淵、史容、史季温所注黄庭堅詩也。任淵所注者《内集》，史容所注者《外集》，其《别集注》則容之孫季温所補。《内集》一稱《正集》。其又稱《前集》者，蓋《内集》編次成書在《外集》前，故注家相承，謂爲《前集》。《外集》詩起嘉祐六年辛丑，庭堅時年十七，而《内集》起元豐元年戊午，庭堅時年三十四，故《外集》諸詩轉在《内集》之前。黄罃所編庭堅《年譜》云：「山谷以史事待罪陳留，偶自編《退聽堂詩》，初無意盡去少作。胡直孺少汲建炎初帥洪，并類山谷詩文爲《豫章集》，命汝陽朱敦孺、山房李彤編集，而洪炎玉甫專其事，遂以《退聽》爲斷。」史容《外集注》序亦云：「山谷自言欲倣莊周，分其詩文爲内、外篇，意固有在，非欲去此取彼也。」《譜》又云：「洪氏舊編，以古風二篇爲首。今任淵注本亦云東坡報山谷書推重此二詩，故置諸編首。」是淵所注《内集》，即洪炎編次之本。史季温《外集注》跋云：「細攷出處歲月，别行詮次，不復以舊集古、律詩爲拘。」再攷李彤《外集跋》云：「彤聞山谷自巴陵取道通城，入黄龍山，爲清禪師遍閲《南昌集》，自有去取，仍改定舊句。彤後得本，用以是正。其言『非予詩者』五十餘篇，彤亦嘗見於他人集中，輒已除去。」又云：「《前集》内《木之彬彬》諸篇，皆山谷晚年删去。」其去取據此而已。然季温跋稱其大父爲增注攷訂在嘉定戊辰後，又近十年，則上距庭堅之殁已百有十年，而《外集》原本卷次至是始經史容更定，則所謂《外集》者，併非庭堅自删之本矣。然則是三集者，皆賴注本以傳耳。趙與時《賓退録》嘗論淵注《送舅氏野夫之宣城》詩「不得春網薦琴高」出典，然注本之善不在字注之細瑣，在於攷核出處時事。淵注《内集》，容注《外集》，其大綱皆系於目録每條之下，使讀者攷其歲月，知其遭際，因以推求作詩之本旨，此斷非數百年後以意編年者所能爲。《外集》有嘉定元年晉陵錢文子序，而《内集》鄱陽許尹序，世傳抄本皆佚之，惟劉壎《水雲村泯稿》載其大略，目録亦多殘缺。此本獨有尹序全文，且三集目録犂然皆具，可與注相表裏，尤足尚也。淵字子淵，蜀之新津人。紹興元年乙丑以文藝類試有司第一，仕至潼川憲。其稱天社者，新津山名也。容字公儀，號薌室居士，青衣人，仕至太中大夫。其孫季温，字子威，舉進士，寶祐中官祕書少監。淵又嘗撰《山谷精華録》詩賦銘贊六卷、雜文二卷。自序謂「節其要而注之」，然原本已佚，今所傳者出明人僞託，獨此注則昔人所謂獨爲其難者，與史氏二注本藝林寶傳，無異辭焉。乾隆四十七年十二月恭校上。（《四庫全書總目》卷一五四）

刻黄詩全集序

（清）翁方綱

乾隆壬寅冬，方綱校黄詩三集注上之，詔刊入聚珍板，於是數百年未合之足本，廣布藝林矣。後四年，奉命視學江西，攜其草稿於篋。而寧州新刻本《外集》之後八卷，即舊本《豫章先生外集》之四卷也；又其《别集》與史季温注者不同，而寧新刻分體，失其舊式。爰合寫爲一本，附以黄子耕《譜》，通爲五十六卷，時時與學官弟子論證其所以然。蓋自方綱年十九誦浙游陳蘇菴輯《漢書》，輒奉先生「質厚爲本」一語爲問學職志，今將四十年，所與學侣敬申修辭立誠之訓者，不外乎此。書諸卷端，以俟稍有解會處。欲略疏數語爲之序，然每一念及，輒立恧焉汗洽襟也。（《復初齋文集》卷三）

山谷詩注外集補跋

（清）孫星華

按《山谷詩注》四庫著録者，《内集》《外集》，係兩淮鹽政採進本，《别集》係編修翁方綱家藏本。據《總目》標注如此。此聚珍本亦從此出也。逮乾隆四十九年，南康謝蘊山中丞啓昆，取翁氏充全書纂修官時手抄校進底本刻於江右，較此本多《外集補》四卷、《别集補》一卷，不知係翁本所原有，或謝氏重刻時所增入？序跋中亦未説明原委。惟《别集補》目録後，謝氏有跋文數行，謂此别集詩與注本不同，今以三家注本所無者二十八首，抄爲一卷云云，據此，則所補《外集》《别集》，似皆出謝氏手也。其實此五卷，任、史三家既未加注，似可不必補於注本之後。況閣本既收無注之山谷詩文《内》《外》《别集》全本，自更無容重出。兹取謝刻本與此本參校，凡《内》《外》《别》三集中正文、注文，均無甚異同，惟題目字數間有長短。又謝本改夾注爲大字，故每題下所注山谷事迹，與此本或偶易先後。而史注《外集》，謝本以《劉明仲墨竹》《放目亭》兩賦冠首，爲此本所無，或係當時館臣以詩注内不必雜以賦注，因而删薙，抑係所據之本各有不同，此則無可稽考。特謝刻所附之《外集》《别集補》五卷，既有流傳，姑依式刻補，作爲《拾遺》，冀他日或有援任、史之例以注之者。若《内》《外》《别集》中所列各詩題字之長短，及題下注文之偶易先後，皆屬無關宏旨，即史注《外集》卷端所列兩賦，爲此本向所未有，故均未改訂增刻，庶免更動，且亦藉留聚珍舊本之面目耳。光緒甲午孟冬，會稽孫星華憙蓀識。（叢書集成初編本《山谷詩注·外集補》末附）

日本朝鮮舊本山谷詩注跋

（清）楊守敬

右《山谷内集詩》二十卷，任淵注；《外集詩》十七卷，史容注；《别集詩》二卷，史温注。《内集》爲日本古時翻雕宋本，今日本亦罕見。前有任淵序，鄱陽許尹序，蓋合《陳後山詩注》序本也。末有紹定壬辰山谷孫黄埒跋，此跋各本皆無之。稱其以蜀本重刊于延平者；又云《憩寂圖》二詩舊亦僅有其目，參考家集，遂成全書。今按第九卷末有此詩，注云「任氏舊注元無此詩，但存其目爾，今以楊氏補注增入」。而翁本目録則次于《題伯時畫松》之後，而第九卷亦無此詩。然則黄埒所云蜀本有題無詩，驗矣。考明嘉靖全集本有此詩，翁刻缺之而無説，何耶？唯此本所稱楊氏補注，不詳爲何人，宋人著録皆無之。其《外集》《别集》則朝鮮活字本，行款稍異，然遇宋帝皆空格，亦原于宋本也。今校第五卷《粲字詩韻》，第七卷《贈張仲謀詩》，翁刻皆有脱文。通校三集注中，翁本誤字不可勝舉。良由覃溪所得是傳鈔本，雖較勝明刊，而與宋本固不可同日語也。黎公使以《山谷集》宋刻久絶，擬刻入叢書中，會余差滿不果，故公使於叢書敍後深致慊焉。光緒甲申九月，宜都楊守敬記於黄岡學舍。（光緒二十六年義寧陳三立刊本《山谷詩集注》卷末）

光緒刊本山谷詩注題辭

（清）陳三立

光緒十九年，方侍余父官湖北提刑，其秋攜友游黄州諸山，遂過楊惺吾廣文書樓，遍覽所藏金石秘籍。中有日本所得宋槧黄山谷《内》《外集》，爲任淵、史容注，據稱不獨中國未經見，於日本亦孤行本也。念余與山谷同里閈，余父又嗜山谷詩，嘗憾無精刻，頗欲廣其流傳，顯於世。當是時，廣文意亦良厚，以爲然，乃從假至江夏，解資授刊人。廣文復曰：「吾其任督校。」越七載而工訖。至其淵源識别，略具於廣文昔年所爲跋語云。光緒二十六年二月，義寧陳三立題。（光緒二十六年義寧陳三立刊本《山谷詩集注》卷首）

四部叢刊續編影印元本山谷外集詩注跋

張元濟

此日本帝室圖書寮藏元至元乙酉建安重雕蜀本也。首錢文子序，次史容引，次總目。引後有元羅嘉績刻書識語木記八行，目後有「建安熊氏萬卷書堂」牌子一方。自明以來不見著録，蓋即今行四庫十七卷本容孫季温跋中所云嘉定戊辰鋟梓眉山之蜀本。蜀版毁於宋世，當時傳本已罕。此爲至元翻刻，世無人知，字畫縝密，真所謂元初刊本比於宋本者也。書凡十四卷，詩注二卷約當《外集》原本之一卷，取勘明本《外集》，適盡於卷七而止，首尾起訖，一一符合，悉依李彤原編古律分體之舊。原本卷八至十爲文，十一至十四爲山谷晚年自删之詩，彤所附存者，此皆未録。明本《外集》卷二當《詩注》卷三末《和甫得竹數本》後有《寄題欽之草堂》一首、《和答梅子明》一首，卷四當《詩注》卷八《贈陳師道》後有《松下淵明》一首，卷六當《詩注》卷十一《池口風雨留三日》後有《揚州戲題》一首，卷七當《詩注》卷十四《送高士敦赴成都鈐轄》後有《次韻子瞻元夕扈從端門》三首，此本《詩注》皆無之，或宋時《外集》傳本有異，未必容所删落也。

黃罃《山谷年譜》載趙伯山《中外舊事》云：「山谷生平得意之作及嘗手寫者，多在《外集》。」葉夢得《避暑餘話》載黃元明之言，謂山谷中年自焚少作三之二，存《焦尾》《敝帚》二編。此本首載史容引，謂秦少游簡李德叟云，魯直《焦尾》《敝帚》兩編，文意高古，邈然有二漢之風，即《外集》詩文也。任淵注《山谷内集》詩而不及外集，史容起而續之，不收自删之作，蓋皆山谷所自定《外集》之菁英。今見蜀本，方悉源流。世行十七卷，出自季温重刻閩本，即以此本分年改編，全失李彤分體舊第，不復可窺見根源，宜乎今本《提要》有「史容增注考訂，在嘉定戊辰後十年，上距庭堅之没已百有十年，《外集》原本至是始經史容更定，併非山谷自删之本」云云之貶詞也。書中文字足訂今本訛異者，難以縷舉。書貴初刻，得此益信。十七年冬，偕中華學藝社社友東渡訪書，始獲見之，因從借印，以彌中

士書林之缺憾焉。民國二十年三月，海鹽張元濟。（四部叢刊續編本《山谷外集詩注》末附）

宋刻山谷外集詩注跋

（清）沈曾植

此《山谷外集》史注，屬菊生代購。書賈居奇，以九十元得之。與六十元之《精華録》，皆海日樓奢侈品已。菊生以其宋諱闕筆，神廟、哲廟等皆空格提行，疑爲宋本。余以九行十九字與張元禎本行款同，仞爲弘治本，藏書家所稱明初本者耳。旋假得王西莊先生所藏影抄弘治本，前張序、後楊廉序俱全，先生以硃筆用宋本校過者，彼此對勘，乃知此爲弘治祖刻，彼行款字數幅徑，與此均同，甚至别字壞字，亦相沿襲，而筆畫之間，更增訛舛，翻雕痕迹顯然。凡張元禎敘刻山谷書，若《大全集》，若《刀筆》，工皆不精，但其不改宋本面目爲可貴耳。卷五《和東坡粲字韻詩》，彼闕八行，此本亦闕。而卷八《泊大雷》詩注「老杜老困撥」五字，《石牛溪旁大石》詩注「題詩石上」一行十四字，卷十四《咏清水巖》詩注之「文出山」一行十九字，張本皆空闕，西莊據宋本補之者，此固完然與宋本同。而《粲字韻詩》闕文，此本所無，西莊所據宋本亦無從補。然則此本與張本異，乃與西莊所稱宋本同。菊生所見，固與前人闇合。第余終覺其字體鐫工，與天水末葉不類，姑記此疑，以待他證。甲寅七月，姚埭老民記於滬上寓廬。

莫氏《經眼録》一：「《山谷外集》，宋淳祐閩憲司刊本。半葉九行，行大小均十九字，烏程蔣氏瑞松堂所藏。同治丙寅秋，在滬假讀於海珊，遂留行篋中。戊辰暮春，來吴門書局，始取校嘉靖刊全本，資是正不少。其中間先後脱五頁，皆已鈔補，按之非史氏原文，乃昔藏者意綴，依謝蘊山刊翁覃溪校三注本别鈔易之。翁本第五卷《和子瞻粲字韻詩》闕注者數行，此本此數行適空未刊，知翁本即從此本出也。」莫氏所藏，今歸南潯劉氏，去月假以相校，與此政同。印刷墨色，似尚在此後也。（《海日樓題跋》卷一）

山谷詞跋

（明）毛　晉

魯直少時使酒玩世，喜造纖淫之句，法秀道人戒云：「筆墨勸淫，應墮犁舌地獄。」魯直答曰：「空中語耳。」晚年來亦間作小詞，往往借題棒喝，拈示後人，如效寳寧勇禪師《漁家傲》幾闋，豈其與《桃葉》《團扇》鬬妖艷耶？古虞毛晉記。（影印《宋六十名家詞》本《山谷詞》卷末）

四庫全書總目山谷詞提要

《山谷詞》一卷，宋黄庭堅撰。庭堅有《山谷集》，已著録，此其别行之本也。《宋史·藝文志》載庭堅《樂府》二卷，《書録解題》則載《山谷詞》一卷，蓋宋代傳刻已合併之矣。陳振孫於《晁无咎詞》下引補之語曰：「今代詞手惟秦七、黄九，他人不能及也。」於此集條下又引補之語曰：「魯直間作小詞，固高妙，然不是當行家語，自是著腔子唱好詩。」二説自相矛盾。考「秦七黄九」語在《後山詩話》中，乃陳師道語，殆振孫誤記歟。今觀其詞，如《沁園春》、《望遠行》、《千秋歲》第二首、《江城子》第二首、《兩同心》第二首第三首、《少年心》第一首第二首、《醜奴兒》第二首、《鼓笛令》四首、《好事近》第三首，皆褻諢不可名狀。至於《鼓笛令》第三首之用𨈭字，第四首之用㞗字，皆字書所不載，尤不可解，不止補之所云不當行已也。顧其佳者則妙脱蹊徑，迥出慧心。補之「著腔好詩」之説，頗爲近之。師道以配秦觀，殆非定論。觀其《兩同心》第二首與第三首，《玉樓春》詞第一首與第二首，《醉蓬萊》第一首與第二首，皆改本與初本並存，則當時以其名重，片紙隻字，皆一概收拾，美惡雜陳，故至於是，是固宜分别觀之矣。陸游《老學庵筆記》辨其《念奴嬌》詞「老子平生，江南江北，愛聽臨風笛」句，俗本不知其用蜀中方音，改「笛」爲「曲」以叶韻。今考此本，仍作「笛」字，則猶舊本之未經竄亂者矣。（《四庫全書總目》卷一九八）

山谷琴趣外篇跋

（清）朱孝臧

右《山谷琴趣外篇》三卷，南宋閩刻本。按《宋史·藝文志》黄庭堅詞二卷，今佚；《直齋書録解題》山谷詞一卷，虞山毛氏刻本疑從之出，故仍沿舊名。明嘉靖刻寧州祠堂本《豫章黄先生詞》一卷，詞同毛刻，而編次前後則異。往歲吴伯宛嘗以見示，小山何仲子據張南伯鈔本校録者也，勞巽卿又校以《琴趣》，并於書眉標其卷次。余據勞校移寫，即以《琴趣》名之，以不睹原書，「琴趣」之名，未遽徵實，未付手民。今年春，張君菊生獲是書於海鹽，爲其先世清綺舊藏，余亟假歸，比勘勞校，一一符合。宋詞稱「琴趣」，傳於今者，醉翁、二晁、介菴諸家，皆攟摭繁備，甚或闌入他人之作，惟山谷此編，較别本僅得其半。卷中訛文脱字，往往而有，題尤芟節太甚，或乖本恉。今以祠堂本斠補，間涉他校，撮録如右。《方輿勝覽》載山谷待月詞云：「老子平生，江南江北，最愛臨風笛。」謂蜀人讀笛若「牘」，今本「笛」改「曲」，非是。《甕牖閒評》《滹南詩話》并言《西江月》「杯行到手莫留殘」，「莫」爲「更」，誤。然則《琴趣》者，祝穆所譏俗本，其誤字之有待鉤考者，惜無袁文、王若虚其人耳。辛酉端陽，歸安朱孝臧跋於禮霜堂。（彊村叢書本《山谷琴趣外篇》卷末）

四部叢刊三編影印宋本山谷琴趣外篇跋

張元濟

《四庫全書總目》録晁无咎詞曰「琴趣外篇」。宋人中如歐陽修、黄庭堅、晁端禮、葉夢得四家詞，皆有此名，并補之此集而五，殊爲混淆。蓋館臣僅見毛氏所刊晁詞，實則「琴趣」爲當時詞之别名，曰「某某詞」者，亦可稱曰「某某琴趣」。今其書皆已復出，歐陽曰《醉翁琴趣》，黄曰《山谷琴趣》，二晁曰《閑齋》、曰《晁氏琴趣》可證也。是爲余六世祖寒坪公舊藏，卷端襯葉鈐有「清綺齋書畫記」小印。錢謦石《曝書雜記》云：「二十年前，同家□□訪古鹽張氏主人，見有宋版《琴趣外編》，按爲「篇」字之訛。乃歐陽文忠、黄山谷、秦淮海之詞稿也。」余得此於故鄉某親串家，同時尚有《醉翁琴趣》後三卷，而《淮海》已不可復見。此爲四庫館臣所未知，設兼得之，不更快耶！雙照樓吴氏刊《醉翁琴趣》，用汲古毛氏影宋抄本，卷末缺兩半行，與余家藏本正同，此可證爲毛氏所自出。吾友陶蘭泉假是本覆刻，與吴氏所刊并行。涵芬樓亦嘗印入《續古逸叢書》中，然皆非單行，不易得，故更縮影，以廣流傳。海鹽張元濟。（四部叢刊三編本《山谷琴趣外篇》末附）

豫章先生遺文跋

（宋）黄　銖

銖齠齔時，先祖訓之曰：「吾七世祖仕南唐爲著作郎、知分寧縣，因家焉。傳三葉，有孫十人，登第者七名，旁皆從水；從是者第四，佐朝散大夫位也。子四人，長從廣從共，中慶曆二年進士第，終大理寺丞，蓋太史之父也。次從廣從兼，中嘉祐六年進士第，終給事中，太史之叔父也。族廣而散，不可縷數，姑自此列爲二派，鉤牽繩聯。其名從木、從火、從土、從金，又有從雙木、雙火者。合而計之，何啻十百，皆以文學擢儒科，簉朝列。非吾先太史餘澤，有以沾丐後人，何以至此？凡殘編斷簡，皆子孫所宜寶藏。但以今所傳《豫章文集》考之，往往有老師宿儒口所傳授者，尚多遺闕，世以爲惜。頃吾持節東蜀，訪諸耆耋，得之黔僰間，凡若干紙。别而爲二，遂刊於梓，詩曰《遺文》，簡曰《刀筆》。是時好事者争欲傳誦，未暇定其舛謬，即以授工。汝輩他日當求善本以訂正之，成吾志也。」嗚呼，言猶在耳，其忍負之！銖來宰三山，公事之餘，得與二三文士校勘朱黄，修剔舊版，上以奉承先大父之志，下以傳之子孫。其有未盡，敬以俟之。故特以先訓著於編末，以告來者。嘉定戊辰八月既望，孫通直郎、知信州貴溪縣、主管勸農營田公事、兼兵馬都監銖謹識。（清同治元年如皋祝氏據乾隆版修補印本《豫章先生遺文》卷末）

黄太史精華録序

（宋）任　淵

萬寶集於前，則萬其價、萬其色，目不無去取；及擇而千之，亦自具一可否，有上選焉。黄太史《山谷集》幾萬其篇章，走嘗節其略而繆注之十之一也。然其間猶有叢蘭幽桂、奇玉特珠、萃類出拔者，走又别帙焉，是上選也。一日，雷子誠過而見之，喜而欲壽梓，來索帙實版，故併述其所以然而與之。天社任淵序。（弘治本《黄太史精華録》卷首）

四庫全書總目精華録提要

《精華録》八卷，舊本題宋任淵編。淵有《山谷内集注》，已著録。是集皆摘録黄庭堅詩文。前有淵序，不著年月。又有朱承爵題詞，稱嘗得其目録，蓋宋元祐間刻版，而亡其文，心寶其名而竊病其實。久之始獲旁稽載籍，緣目尋詞，以還故物。若太史大全詩，《宋文鑑》《文苑英華》《文翰類選》《光岳英華》諸集悉掇於無遺云云。考庭堅卒於徽宗崇寧四年乙酉，是書之選雖無年月，然稱黄太史《山谷集》幾萬篇，嘗節其略而謬注（三）〔之〕十之一也，則成於所注《内集》後。《内集》注中已稱徽宗爲徽考，鄱海許尹敘《内集注》亦稱作於紹興時。此集既刻於元祐中，何以反在其後？且《録》中詩文以本集年月核之，已有崇寧中作，何以預刻於元祐時？集中之目，亦往往與本集不合。如《夜發鄂渚曉泊漢陽親舊攜酒追送》一題，是時庭堅自武昌赴宜州貶所，故親舊追送至於漢陽。此本割裂其文，作《漢陽親舊追送》，則親舊屬之漢陽，「追送」字不可通矣。又《用前韻贈高子勉》一題，乃庭堅自用其韻，本集可考。此本乃作《和高子勉》，則事實全乖矣。《謝公定和二謝秋懷邀予同作》一題，有末四字，乃見倡和之意。此本無此四字，則謝公定自和二謝，與庭堅無關矣。甚至《雙井茶詩》「人間風日不到處」四句，乃七言古詩之前半，而割爲絶句，改其題曰《内直觀化》。第十一首之《竹筍初生》一絶，改其題曰《二月江南》。《修水記》一篇，乃取庭堅書《幽芳亭》一篇，摘其中一段，而略增末數語。其餘竄亂，不可勝數。淵所注《内集》，年經事緯，考證詳明，何以此集憒憒至此？至於所録集中不載諸詩，《西湖徙魚和蘇公》二首，乃陳師道三首之二，見《後山集》中。淵亦嘗注師道詩，何以兩集並收，漫無一語之訂正？其《新竹》一首，乃陸游詩，題曰《東湖新竹》，見《劍南集》中，淵何以能於數十年前預見之？其爲僞託，固可不攻而破。且承爵序既稱「緣目尋詞」，集中一題數首者，目中並無明文，云摘選某首，何以摘選者較多？又稱所採之詩有《文苑英華》，乃宋太宗時宋白等奉敕編撰，所録詩文，止於唐代，何以有庭堅之作？排律之名，唐、宋、元人皆無之，舊集具存，可以覆案。至元末楊士宏所選《唐音》，始以排律標目，明初高棅選《唐詩品彙》，仍之不改，乃沿用至今。何以此本刊於宋時，已有五言排律？其爲承爵依託爲之，亦確鑿無疑。何景明曰：「《山谷精華録》任淵選者，其所採取，多不愜人意。」王士禎曰：「《精華録》八卷，有天社任淵自序。録中取舍，未愜人意。」張宗柟亦曰：「觀其録取大意，衹以備體，且多闌入游戲之作，非上選也。」宗柟所見者稱嘉靖間摹宋槧本，士禎所見者稱明章丘李開先家宋槧本，皆在承爵之後。何景明雖正德時人，而比承爵亦差後。蓋皆即承爵此刻，託諸宋槧。觀士禎所記任淵序，與此本不異一字。而承爵之序與淵序貌爲軋茁，如出一手，其作僞之迹，固了然矣。向來藏書之家，珍爲祕笈，蓋以名取之，未及一一核其實耳。（《四庫全書總目》卷一七四）

山谷刀筆引

（明）張元禎

此老吾鄉郡先哲，詩文在當時已重，名與東坡並稱。曩吾遍覓其遺編，歷二十餘年，漫不可見。近既得詩集於黄憲僉仲昭，刻之；繼復得此於薛通守英，亦刻焉。此老遺文在天地間，顯晦固亦自有時哉！麗水劉侍御景熙行部江西，端嚴不苟爲，而景仰此老素深。薛刻薛已珍而持歸，〔侍〕御屬吾張貳守汝舟再刻之，曰：「此世所歆慕，而率以不及見爲慊，刻傳是亦其鄉郡守佐美事。」貳守承命，而謁吾以引。吾方病夫承平久而辭華盛，不根理不載道之編，或阿所好，或章所先。在在出此老教人動以制行，動以窮經爲本，而又知著向上向裏工夫，雖落于空寂捷徑，然亦高出乎只鶩於浮詞綺語者，傳之亦少足以砭乎吾之所病，于是乎引。弘治己未三月上旬，賜進士出身、南京翰林院侍講學士、奉訓大夫、前經筵官、兼修國史郡人張元禎識。（弘治十二年刊本《山谷老人刀筆》卷首）

四庫全書總目山谷刀筆提要

《山谷刀筆》二十卷，宋黄庭堅撰。庭堅全集已著録，此乃所著尺牘也。以年爲次，自初仕至館職四卷，居憂時三卷，在黔州三卷，戎州七卷，荆渚二卷，宜州一卷，皆於全集中摘出别行者。然是編向有宋槧本，非後人所爲。考《宋史·藝文志》，楊億亦以「刀筆」别行，蓋當時風氣有此一體云。（《四庫全書總目》卷一七四）

山谷刀筆序

（清）萬承風

《山谷老人刀筆》二十卷，計六百八十二首。蓋自初仕館職，而丁憂回里，而黔州，而戎州，而荆渚，而宜州。公生平始卒一操，具詳於此。欲知其人，不讀其書可乎？其書始編於南宋，續梓於前明。首列《宋史》本傳。校刊年代無可考，第十、十一卷首尾共缺九紙，字亦漫漶，不可盡識。此得假抄於吾州帶溪世姻胡斕圃家藏刻本者。攜至京師，南昌彭文勤公復出示供奉南齋時録存内府天禄琳瑯本，則係明弘治己未所刻，前有同郡張東白學士小引。就兩書校讐，編次皆同，而卷帙獨爲完善，視全書所收録者僅三之一耳。按公詩集亦重刊於弘治己未，豐城給諫楊廉序後云：「此編乃江右提學僉憲莆田黄君仲昭藏本，寧之邑校生陳氏沛、沾兄弟所刻者也。沛寓書留都，告廉曰：『沛等所刻《山谷集》，已得東白先生序諸首，執事其無靳一言？』」東白引亦云：「近既得詩集於黄僉憲仲昭，刻之；繼復得（於此）〔此於〕薛通守英，亦刻焉。」然則給諫所謂已得東白先生序者，其書爲《刀筆》無疑矣。顧公全集暨三集詩注自録入《欽定四庫全書》及頒發聚珍館刊行外，近時皆有續刻。惟《刀筆》一書，世不多見。公生平始卒一操，其自館職以訖宜州具詳於此，不讀其書，安知其人？承風生後公七百餘歲，同公里居，雖未得爲徒，私淑最近。今既得手録是書，校讐完善，使天下後世思其人，不得詳讀其書，誰之責歟？于是案《全集》，更正訛誤脱落，付之梓人。其不可强求者則仍之，志慎也。昔文勤公嘗題是編曰：「此書與《文集》《別集》《外集》中書簡微有異同，不可偏廢。其以歷官編次，尤足考見當時出處之跡，與黄嵤編詩目入《年譜》同意。」少時嘗以黄詩無編年，本欲取任淵、史季温、史容三家之注，依嵤譜敘次。取書簡、刀筆諸篇，都爲一編，命曰《黄詩三集補注》。忽忽三十年，不能成書。官事牽冗，耳目重眵，安得好事者助我老興，爲鄉邦成一巨帙也夫！」以文勤公多識尚友，成書如此其難；若承風者，學古未遑，近益荒落，於公詩文固無從窺其涯涘，戔戔輯遺校讐，曾何足語於發潛闡幽也哉！雖然，生公之後，同公里居，既得手録是書，不敢緩也。況公生平始卒一操，其行也即其文也，其文也如其行也，不僅刀筆，而刀筆爲詳，誠如本傳所引東坡薦略「瑰瑋之文妙絶當世，孝友之行追配古人」，讀其書可以知其人矣。謹後傳引而序得書之由如此。嘉慶十年歲次乙丑上元日，義寧州後學萬承風謹序於山東學使署四照樓。（清嘉慶十三年萬承風校刊本卷首）

山谷刀筆序

（清）韓繼藜

宋太史黄文節公《刀筆》一册，見於他集者絶少，見於全集者十之二三。而究其所以「刀筆」名篇，前人未注其義，後人不得其解。予維公初仕館職，時蘇文忠公爲其前輩，薦略云「瑰瑋之文妙絶當世，孝友之行追配古人」，珥筆蘭臺，翱翔乎金馬玉堂之地，節義文章傾動北宋，是公之著述等身，當以大手筆、老手筆尊之，名曰「刀筆」，何也？意者義寧山水之勝，峭削嶙峋，穎能截，水清泓澄，澈洌可鑑。自秦漢以前，代生賢喆，至宋而公出矣。見爲文章，發諸筆墨，無非本天地清淑之氣，薈萃以成奇，錚錚有聲，瑩瑩有色，刻句必堅，鐫詞必響。而又精於書法，以鐵畫銀鈎之筆，寫錐心刺骨之文，光芒萬丈，正氣騰霄，真若有劍氣珠光之不可逼視者，其鎔鑄精也。而予又有説焉。公自甲寅丁憂回籍後，而黔州，而戎州，而荆渚，而宜州，遠竄近遷，迄無寧歲，煙瘴風蠻，酸楚萬狀，人幾疑憂思湮鬱、岌岌乎有不可終日之勢。公乃談笑自若，鼾息如常，内無所動於中，外無所戚於貌，魑魅罔兩莫能逢之，雲雷風雨如或相之。凡在朝名公鉅卿，書札往來，悉中正之響，無滯悶之音，精氣内含，寶光外爍，此非大學問、大節操不能有兹神鋭也。方之寶刀筆，斯肖矣。或者曰：「公性近佛，有取放下屠刀之義。」是説也，予終疑之。同治十二年癸酉季秋，後學韓繼藜譔。（紛欣閣叢書本《山谷老人刀筆》卷首）

山谷題跋序

（明）毛　晉

從來名家落筆，謔浪小碎，皆有趣味，一時同調，輒相欣賞贊歎，不啻口出。余竊謂相知如蘇、米兩公，尚有知不盡處，莫若本人自道，全提全示，無有少剩爲快耳。嘗見山谷云：「家弟幼安求草法於老夫。老夫之書，本無法也，但觀世間萬緣，如蚊蚋聚散，未嘗一事横於胸中。故不擇筆墨，遇紙則書，紙盡則已，亦不計工拙與人之品藻譏彈。譬如木人，舞中節拍，人歎其工，舞罷則又蕭然矣。」余恍然曰：「此數語即可以跋《山谷題跋》矣。

殆所謂順贊一句，屋下蓋屋，逆賞一句，樓上安樓，不如借水獻花，與一切人供養。海隅毛晉識。（津逮秘書本《山谷題跋》卷末）

又

諸家題跋魯直者，其卷帙反多於魯直題跋矣，豈容更添蛇足耶！但其款識不一，因考其甥洪玉父云：「舅氏魯直愛山谷石牛洞，故自號山谷道人；謫黔、戎時，假涪州別駕，故又號涪翁，或曰涪皤；在黔中，又號黔安居士；至宜州，又號八桂老人，皆班班見於詩文。」後來米元章、倪元鎮亦多別號。今人效顰三老，名字百出，亦甚無謂矣。惟古人小字可喜可法，當覓《小名録》數種以傳。晉又識。（津逮秘書本《山谷題跋》卷末）

宜州乙酉家乘序

（宋）范　寥

崇寧甲申中秋，余客建，聞山谷先生謫居嶺表，恨不識之。遂泝大江，歷溢浦，舍舟于洞庭，取道荆湘，以趨八桂。至乙酉三月十四日始達宜州，寓居崇寧寺。翼日，謁先生于僦舍，望之真謫仙人也。于是志其道途之勞，亦不知瘴癘之可畏也。自此日奉杖履。至五月七日，同徙居于南樓。圍棋誦書，對榻夜語，舉酒浩歌，跬步不相舍。凡賓客往來，親舊書信，晦月寒暑，出入起居，先生皆親筆以記其事，名之曰《乙酉家乘》，而其字畫特妙。嘗謂余，他日北歸，當以此奉遺。至九月，先生忽以疾不起，子弟無一人在側，獨余爲經理其事。及蓋棺于南樓之上，方悲痛不能已，所謂《家乘》者，倉卒爲人持去，至今思之，以爲恨也。紹興癸丑歲，有故人忽録以見寄，不謂此書尚爾無恙耶！讀之恍然，幾如隔世，因鏤板以傳諸好事者，亦可以見先生雖遷謫，處憂患，而未嘗戚戚也，視韓退之、柳子厚有間矣。東坡云：「御風騎氣，與造物者游。」信不虛語哉！（知不足齋叢書本《宜州乙酉家乘》卷首）

跋黄子邁所藏山谷乙酉家乘

（宋）樓　鑰

頃歲見張志溥庇家藏山谷雜記　小卷，諦玩不已，因略效其筆意手録之。茲見子邁所臨《乙酉家乘》，典刑具存，爲録雜記于卷末而歸之。嗚呼，建中靖國以至崇寧，元祐諸公多已南歸，而先生乃以《承天塔記》更斥宜，人誰能堪之？先生方翛然自適，觀所記日用事，豈復有遷謫之歎？所謂青山白雲，江湖之水湛然，寧復有不足者？《家乘》止四年八月二十八日，而先生卒于季秋之晦，相去才月餘耳。三山陸待制務觀嘗言，先生臨終時，暑中得雨，伸足簷外，沾濕清涼，欣然自以爲平日未有此快。死生之際乃如此！世言范寥信中訪先生于宜，此書信然。（樓鑰《攻媿集》卷七六）

四庫全書總目山谷禪喜集提要

《山谷禪喜集》二卷，明陶元柱編。元柱始末未詳。是集於黄庭堅集中録其闡發禪理者，别爲一卷，蓋欲以配《東坡禪喜集》也。（《四庫全書總目》卷一七四）

跋蘇黄滑稽録

（宋）楊萬里

此東坡、山谷禮闈中試筆滑稽也，蓋莊周、惠子不幸再相遭者。或問二先生語何經見，予曰：「坡、谷聞之馮虚公子，馮虚公子聞之亡是公，亡是公聞之非有先生。」（楊萬里《誠齋集》卷一〇〇）

附録四　歷代詔敕謚議祠記

詔敕

哲宗詔敕

紹聖二年正月初八日授誥一道：「左朝奉郎、充集賢校理、管勾亳州明道宫、雲騎尉、賜緋魚袋黄庭堅：朕以眇末，紹承聖緒，又懼不能發揚先帝成功盛德。曩詔儒學之臣論次大典，於以章示至公，傳信萬世。明明在上，其可厚誣？爾庭堅擢於諸生，使預著作，罔念朝廷之屬任，專懷朋黨之私恩，依憑國書，疵詆先烈，變亂故實，輕徇愛憎。奏編累年，公罔朕聽，逮究厥實，語多無蹤。覽之瞿然，靡自寧處，得罪宗廟，朕何敢容？古有常刑，宜即誅殛；尚兹屈法，聊示竄投。服我寬恩，無忘自訟。可特責授涪州别駕、黔州安置，勳賜如故。」〔一〕（黄罃《山谷先生年譜》卷二七）

徽宗詔敕

（崇寧四年）九月五日奉御筆手詔：「元祐奸黨，詆訕先帝，罪在不赦。曩屈臺憲，貸與之生。斥之遠方，固無生理；終身貶所，豈不爲宜？今先烈紹興，年穀豐稔。鑄鼎以安廟社，作樂以協神民。嘉祥薦臻，和氣昭格。肆頒赦宥，覃及萬方。興言邦誣，久責遐裔。一夫失所，朕尚惻然。用示至仁，稍從内徙。服我寬德，其革爾心。應奸黨羈管、編配、安置、居住，在廣南者，與移荆湖南北；在荆湖者，移江淮；其餘并移近里，惟不得至四輔畿内。」後批：崇寧元年九月十六日，送進奏院徧牒行下。五年正月庚戌，劉摯而下敘復有差。先生在輕第二等之首，並敘復，令吏部與監廟差遣，而先生皆不及拜命。（黄𦨣《山谷先生年譜》卷三〇）

高宗詔敕

紹興初，高宗皇帝中興，特贈先生直龍圖閣，官子孫各一人。二年，先祖（叔敖）以給事中召至行在。𦨣藏先祖親筆日記載：二月初六日戊辰，後殿引對，天語甚温，詢先生子孫曲折，許他日召至行在。及十七日己卯午刻，中使鄭諶傳宣至，先祖遂就省中見之。上令問先生諸孫曲折，先祖即因諶附口回奏。當時特贈，實與張耒、晁補之、秦觀四人同命。

詞云：「敕故朝奉郎黄庭堅等：自熙寧大臣用事變法，始以異同排斥士大夫。維我神祖，念之不忘，元豐之末，稍稍收召。接於元祐，英俊盈朝。而爾四人，以文采風流爲一時冠，學者欣慕之。及（繼）〔紹〕述之論起，黨籍之禁行，而爾四人每爲罪首，則學者以其言爲諱。自是以來，縉紳道喪，綱紀日隳，馴致宣和之亂，言之可爲痛心。肆朕纂承，既從昭洗，今爾四人，復加褒贈，斯足以見朕志矣。嗚呼！西清之遊，書殿之選，惟爾曹爲稱。使生而得用，能盡其才，亦何止於是歟？舉以追命，聊伸齎志之恨，亦以少慰天下士大夫之心。英爽不忘，歆此休顯。」（黄䓨《山谷先生年譜》卷三〇）

〔一〕按黄庭堅謫授涪州别駕、黔州安置，《宋會要輯稿》職官六七之一〇、《宋大詔令集》卷二〇七均繫於紹聖元年十二月二十七日甲午，次年正月初八蓋接詔之日。

謚議

太常寺議謚

夫子曰「有德者必有言」，蓋言者文也，德者實也。德稱乎文，則文之著乃實之形也；

無其實而有其文，抑末矣。《太玄》《法言》，子雲之文，度越諸子，而卒無以蓋其美新之失。河東之文，雄深雅健，而比之匪人，終身不悔，又奚足道哉！黄公以文名世，人知其磊磊軒天地者，此也。不知其真履實踐，卓乎不可企及，非吾夫子所謂「有德者必有言」乎！初，蘇文忠公見公詩於孫公覺座上，後過李公常於濟南，見公詩文，以爲超塵獨立萬物之表。由是聲名大振，世以「蘇黄」並稱。然公之學奚止於文哉！紫陽朱夫子讀《東都事略》，惜其好處不載，具稱公爲孝友。周文忠公記分寧祠，非徒曰「瑰瑋之文，妙絶當世」，而又曰「孝友之行，追配古人」，則公之平生凡性分所當盡者，真無毫髮遺憾矣。濂溪周夫子闡明道學，上接孔、孟不傳之祕，世固鮮有知者，雖以清獻趙公亦幾失之眉睫之間，而潘公興嗣銘其墓，又止以善談明理稱之。惟公知其人品甚高，光風霽月，用一語獨能形容有道者氣象。惟賢知賢，則其爲元祐史官也，荆公勿令上知之語，陸左丞隱而不書，公争辯甚苦，辭氣壯厲，至斥爲佞史。紹聖間，群小用事，追仇元祐史官，詔拘畿縣，以報所問。衆竦惕失據，公隨問隨答，弗惕弗隱。而謫黔徙戎，頓豁萬狀，略無幾微見顔面。其爲《承天塔記》也，部使者阿順風旨，萬千交扇，遂有宜州之行，人不堪其憂，而公處之裕如也。見者謂公無愧於東都黨錮諸賢，願寫范孟博一傳，公又默誦大書，盡卷乃止，則胸中浩然不衰者抑亦可想見矣。公之所學如此，守道守官如此，公之處生死禍福如此，信乎其爲有德之士，其可與操觚翰、詠聲音、警采色者例之乎。雖自紹述之論起，公在黨籍，率爲罪首；然自紹興以來，褒貶有詔，一時之屈，百世之伸也，夫復何憾。獨易名之典缺，非所以表前哲而風來世。謹按謚法曰：道德博聞曰「文」，能固所守曰「節」。公之文名愈久愈著，如皦日之行天，終古不滅，非道德博聞不及此。公之氣節愈挫愈勁，如精金之在冶，百煉不磨，非能固所守不及此。請以「文節」謚公，宜無歉。德祐元年歲乙亥，朝奉郎、新除太常博士陳緯謹議。

考功郎覆議

山谷先生太史黄公，名配蘇長公，當與穹壤相敝。既没幾二百年，節惠未立，兹非聖世一闕典與？屬有請於朝，下太常議，謚文節。移考功覆議，議曰：夫蕭條澹泊者性分之真，嗜慾深沈者天機必淺，是道蓋出於山谷先生有得焉。先生詞章入神出天，巧妙無餘，可以謂之文矣。先生出處，夷險一致，至死無悔，可以謂之節矣。抑嘗遡先生心事，而得其所以本然者，鑪香隱几，萬慮俱消；木落江澄，本根獨在。其遺物自得，雖覆卻萬方陳乎前，不足入其室。故翱翔殿館，澹然江湖，斥死窮山，而頹然物化。孝友之行，瑰瑋之文，非性天之發、妙理之寄邪？所謂「御風騎氣，獨立萬物之表」，蘇長公之言於是乎信。

尋類取稱文儷以節，以易先生名，太常之議是。奉議郎、尚書考功郎、兼崇政殿説書趙景偉謹議。（以上並見光緒義寧州署重刊《山谷全書》首卷二）

祠記

武寧縣山谷先生祠堂記

（宋）洪　邁

德著一鄉，文成一家。命局一官，而聲尊一代。身雖已往，其流愈光。里之人尸而祝之，社而稷之，禮也。聞者缺焉，於傳不宜，莫爲於後，將迹絶響滅，迨於日遠，日志而已耳，此山谷先生之祠堂武寧所爲作也。距縣百許步，有龍潭院，先生嘗過之。主僧文湮開軒，當積雪初霽，前望嚴陽山，群木參天，神宇頓豁。於是告之曰：廣心立扁識壁，遭黨錮魔厄，扁折攘夷。未及百年，離離故址，殆不可復識。獨壁間大字五十，石刻僅存。紹熙辛亥，邑長陽羨蔣方慶賦政越歲矣，治勁以絜，置民於安，封内無蠹可剔。乃采合衆志，復此軒，建屋三楹，用儉集費。訪先生肖象於宗家，繪事堂上，寒泉薦匊，奉嘗旦暮，慰箕斗華崧之仰，而外不與知。黄氏占數修水之雙井，其隸曰分寧。二寧本一邑，嫪慕耆舊，爭相爲崇，香火之敬，在此由在彼爾。嗚呼！天下是非常公於身後，先生瑰琦之文妙當世，孝友之行配古人，蘇長公愛之重之，同時名勝略相推第，顧自以爲莫及。而事與時忤，頓撼抑揠，流連館下，毫陞寸擢，財秉筆螭頭，又不使拜。受郡甫入境，即以罷聞。在史官書鐵龍爪事，謫黔徙戎。記承天塔院，竄宜州死。翰墨落人寰，隨輒掃空，讀其書者，或牽聯得咎。于斯時也，夫豈豫卜異日顯晦哉！天定勝人，中興啓公道提邃職美秩，賁諸九京，且召貴其甥孫。學士大夫益知所鄉，挹然區區一軒，到于今乃得還舊觀。吁，亦難矣！令君使來謁記，且將丐巨揭於章，荆州此軒之傳，當久久勿替，後之君子盍相與主張之。三年正月二十三日記。（《國朝二百家名賢文粹》卷一二三）

宜州新豫章先生祠堂記

（宋）楊萬里

予去年十月致書桂林伯侍講張公，今乃得報，且諉予曰：「宜州太守韓侯璧，直諒士也。初抵官下，他皆未遑，首新山谷先生祠堂。蓋山谷之貶宜州，崇寧甲申也，館於城之戍樓曰小南門者，明年卒焉。後人哀之，即其地廟祀之，于湖張安國大書『豫章先生』四字以揭之。然居向湫隘，屋廬壞隤，俎不成列，拜靡厝躬。今侯戾止，顧瞻弗寧。爰出其闔，距城不遐，得地洵訏。湖光前陳，曠野洞開。諸峰崛奇，駿奔來庭。立屋六楹，以妥神居。刻木肖像，是祀是享。俯湖爲閣，於登於臨。湖山清空，雲煙高寒。神則降集，人士奮豫。既成，來求閣名若記。栻既以清風名閣矣，子學詩山谷者，微子莫宜記之。」予執書歎曰：「予聞山谷之始至宜州也，有甿某氏館之，太守抵之罪；有浮屠某氏館之，又抵之罪；有逆旅某氏館之，又抵之罪。館於戍樓，蓋圄之也。卒於所館，蓋飢之寒之也。先生之貶，得罪於時宰也，亦得罪於太守乎？鹿之肉，人之食，君子之殘，小人之資也，孰使先生之所挾，足以授小人之資也哉？夫豈不得罪於太守也？先生得罪於太守，則太守不得罪於時宰矣。豈惟不得罪也，又將取榮焉。由今視之，其取榮於當時者幾何，而先生飢寒窮死之地，今乃爲騷人文士佇瞻鑽仰之塲，來者思而去者懷，而所謂太守者，猶有臭焉。則君子之於小人，患不得罪爾，得罪奚患哉！今韓侯之賢，乃能社先生而稷之，惜也先生之前乎韓侯也。先生之没，侯猶敬之如此，使其生也遇侯而懊休之，則主賓之賢，牽聯俱傳也，惜也韓侯之後乎先生也。然士或同室而睽，或異世而逢，苟逢矣，前後足校哉！先生之祠，要自韓侯始，則侯之傳決也；而又得侍講張公名其閣，其傳益決也。」因書其説寄侍講，以遺韓侯云。淳熙五年三月二十四日廬陵楊某記。（四部叢刊本《誠齋集》卷七二）

分寧縣學山谷祠堂記

（宋）周必大

嘉泰元年秋，奉議郎臨江徐筠孟堅宰分寧期年矣，專〔以〕儒術飭吏事，每詣校官，必進諸生以學。顧視山谷先生祠宇在講堂之左，陋隘朽弊，亟廣而新之。傳像家廟惟肖，釋奠餟食，則擇族老能文者曰營主祀事，屬予識其成。參考圖牒，自唐貞元十五年分武寧八鄉以名兹邑，西有幕阜山，其高千丈，廣袤百二十里。修水北來，東南經縣治，凡六百餘里，下入彭蠡。此山川之最勝者也。黄氏本金華人，先生六世祖贍嘗爲邑宰。厥後奉親卜居，没則就葬。歷三世，家修水上，宦學有聲，而先生出焉。此世家之可考者也。夫惟山川炳靈，世美交濟，故其孝友之行，（迨）〔追〕配古人，瑰偉之文，妙絶當世。又得眉山蘇文忠公而師之，陳、張、晁、秦而友之，是宜光顯於朝，共振斯道。乃或不然。初坐眉山唱酬，棲遲縣鎮。後被史禍，竄謫兩川。晚以非辜，長流嶺南，遂隕其命。中間翺翔館殿，纔六年耳。右史之拜，復爲韓川沮止。其生不遇如此，蓋人定勝天也。高宗中興，恨不同時，追贈直龍圖閣，擢從弟叔敖爲八座，寘甥徐俯於兩府，皆以先生之故。宸奎天縱，至下取其筆法；戒石刻銘，徧於守令之庭。李、杜已遠，遂主詩社。身後光榮，乃至於此，非天定人勝耶？昔孔子在魯，魯人指爲東家丘，歷聘諸侯，伐木削迹，無所不有；孰知後世郡邑通祀，南面巍然，一履之微，猶藏武庫。聖人尚爾，先生其奚憾？予既書其大略，又系以辭，使遇祀事而歌焉。其詞曰：嗟先生之致身，何艱難而險阻。猗先生之没世，乃發揚而普詡。歸高山與景行，極幽遐而爭覩。微岌岌乎當時，詎煌煌以終古。久配祭其鄉社，俶奉嘗於新宇。釀修水以爲醪，釣鯈魚而實俎。擷白芽於雙井，粲浮甌之花乳。尚來燕以來寧，永範模乎故土。九月十日。（影印文淵閣四庫全書本《文忠集》卷五九）

馬洲山谷祠記

（宋）文及翁

大江以西，山水之秀，甲於天下。洪州分寧縣，鍾秀居多。縣有勝地曰馬洲，與鹿洞、象山、鵝湖、鷺洲相頡頏。梅、樊二峰，東西相望，道山屹其南，鳳山蹲其北。修江泓澄，秀水縈帶，可方可舟，可泳可游。萬竹篩青，一槐擺緑，洵此方之佳境也。闡英發奇，蓋有所待矣。縣大夫吴君家學淵源，惠愛淪浹。三年之間，懇懇惻惻，以育人才、求民瘼、崇風化爲急先務。修縣校，創存惠，創築馬洲精舍，祀黄太史於其中。先是，太史公附祀縣校，專祠未立，無以副邑人高山仰止之心。秩滿祠成，不遠數千里馳一介謁予記，予曷敢固辭。抑嘗聞公之風而竊有感焉。人知公詩險句雅，而不知公天機之動而天籟之鳴也；知公筆精墨妙，而不知公心聲之正而心畫之勁也；知公初謫，起於史館《實録》「鐵龍爪治河有同兒戲」之語，而不知「勿令上知」，白發奸狀，其直筆凛如也；知公再謫，起於《承天塔記》，蝗旱疾疫，指爲幸災謗國，而不知公嘿不辨，其氣浩然也。其定交蘇文忠公也，先之以《江梅》《青松》二詩以寄意，至謂「但使本根在，棄捐果何傷」，師友之所以相規儆者，非植黨也。其評論周元公也，有「光風霽月」之喻，至謂「人品甚高」「胸中洒落」，形容有道之氣象，非溢美也。「鑪香隱几」「靈臺空明」，養心莫善於寡欲之意也。「落木千山天遠大，澄江一道月分明」，克己復禮歸仁之學也。孝友睦婣，根於天禀，清修恬淡，出於性真，又有不依形而立、不恃力而行、不待生而存、不隨死而亡者。嗚呼，章惇、蔡卞諸人，呼吸群憸，斬刈衆芳，無所不用其極，正如鴟得腐鼠，仰嚇鵷鸞。其家之乃子若孫有誣其祖而别族者，有諱其惡而徙鄉者。唯我元祐諸賢，修名姱節，昭然若揭，日月而行空。深山窮谷，村夫野叟，兒童婦女，亦莫不知有黄太史，況居是邦之縉紳縫掖乎？此祠之所繇作也。是祠也，始於今年春三月，至夏六月告成。緡錢六百有奇，工役百二十日。梓人成功而民不知，青衿來歌而士胥悦。以嗣以續，迺理迺基，迺增迺築，尚有望於後之宰是邑者。吴君將騰政最，行踐世官，太史公未有謚，馬洲未有匾，太常之節惠，敕額之巍煌，邑人有望於吴君之奏陳也。吴君名觀，字賓夫，直院侍講文肅公之從子云。

山谷塋祠記

（宋）黃疇若

豫章陸行三百六十里爲分寧縣，山明水秀，間出異人。修水南迤於漢，東匯於雙井，是爲山谷先生故居，而墓道在焉。先生自熙寧初元去鄉里，仕汝、葉間，中入于王官，末以史事，且忤時宰，謫宜以歿，實崇寧四年九月也。黨禁既息，歸葬鄉里，然生事瓦解，子孫流落，有寓于巴蜀而不能自返者。故其愼終之禮，往往尚多缺遺，況能高垣墉以固封域、敞祠宇以奉烝嘗哉！鄉人士率衆於墓左，創祠堂三間，諸孫嵤嘗碣神道。然歲寢久，日就傾側，不足以竭虔妥靈。族人遊宦四方，遇其遺跡，皆隨力葺治，如買田戎敘，度僧太和，粗了祭祀。顧去墓域道遠，無緣一上丘隴，藩拔級夷，咎將誰執？嘉定丁丑，雲川李君仁方來爲邑按，民瘼既甦，百廢漸舉，修敬墓下。奠謁既興，仰瞻祠宇，萊棘不完，道隧蕪没不治。乃喟然嘆曰：「古所謂社而祭之，獨不在於兹乎？吾得邑於斯，力足供事，顧廢不舉，抑何以扶植世教、興起人心哉！」迺散布募工，重繕祠堂。繚以周垣，延袤百步，嚴其鎖扃，啓閉以時。山川炳靈，林麓葱蒨，以慰其邦人宗族之思。而學士大夫聞其風聲，皆曰：「休哉，爲政知所先後矣！」落成有日，弟炷歸自故家，來諗，李君欲得文以爲記。疇竊謂士君子之不遇，厄窮在於身前，尊榮每在於身後，雖吾孔、孟亦然，況其下者乎？方本朝熙、豐盛時，眉山蘇公與先太史俱以道德文章鳴國家之盛，天下謂之坡、谷而不名。不三十年，而禍變横興，各坐重劾遠徙。殆大明經天、幽枉畢達，而逝者有莫留之嘆。故東坡卒於常，山谷卒於宜，各齎志以没，而天下至於今宗師之。予頃年使蜀，訪東坡故居，平生經行燕處之地猶可概見，而郲成之墓竟墮冥寞，無以慰其後人霜露之思，視先太史尤憾傷焉。則李君之舉，其崇德高賢而惠於不亢之宗者厚矣。疇若職修事以傳遠，雖不吾以，猶將求之，況有命乎？遂拜手敬書。

山谷祠堂記

（明）張元禎

前賢之表，薄俗之敦也，兹祠是已。鼓舞斡旋之機，微吾人孰與於斯。獷而競力，吝而嗇施，寧之俗舊矣。忠節凛凛，仁義藹然，寧前後又不僅山谷先生一人。風雨晦明，鷄鳴喈喈，吾民秉彝之天，奚俗之能泯？患無揚飛雲之大風、破頑陰之震霆爾。按文節謚議，先生文墨之瓌偉妙絶姑毋論已。如蔽上諛史之斥，鼾寢自若，炎荒幸災之竄，幾微不形，夫何胸中浩然之不衰。又如鑪香隱几，萬慮俱消，木落江澄，本根獨在，又何頽然之不化於物。兹其御風騎氣，脱屣埃𡒄之表。回視薄俗，真猶鴟雉之嚇鵷鸞、燕雀之笑鵾鵬也。天下惟風以動之，樹此風聲，民何迷之不感，俗何澆之不淳。兹祠創於寧嚚甫靖之時，主之者，欽差巡撫都憲林公俊；贊之者，分守分巡王公綸、王公純；承之者，郡守山陰祝侯瀚、二守新安江侯昌；而始終成之者，節推蘇熟虞山陳侯察；勒石紀之者，州守葉君天爵也。林公氣節雄天下，二王公亦然，祝、江、陳三侯洎葉君皆江右守佐，志操之有稱者。則兹祠之立，率先生千古一類人物，鼓舞斡旋，大風震霆，其關係豈小哉！弘治癸亥六月始工，是冬十二月訖工。材撤諸淫祠，出諸勸助，有租入以永其繼，有裔孫以守其祀，州義士王庭蕙、陳潛、查仲春協力周旋其事云。弘治十八年乙丑秋九月中旬，翰林院學士南昌張元禎撰。

重修山谷塋祠紀事

（明）張元禎

自古魁士鉅儒生堪輿間，其氣正，其神完，雖閱千百年之遼邈，常與人相爲繆繞。故慕其事者感諸心，涖其地者形諸夢，精神孚契，冥靈降鑒焉。南昌通守應君下判寧邑事，一夕夢有番士來謁曰：「吾居無廬，幸爲創之。」君曰：「如官帑私橐之無餘儲何？」番士忿曰：「潮陽猶有廟以享昌黎，患不爲耳。」覺則蘧然夢也。沈思久之，疑周元公嘗簿兹邑，故來告。既而詣其門，望其居，則傾頽不支，即爲之修築廢墜，焕然一新，然「無廬」之言終疑未釋。越旬餘，以公事出過雙井，道人告曰：「此宋黄山谷之墓在焉。」下車進謁，則鬲如罣如，夷爲丘墟，若門若堂，化爲莽蒼。喟然嘆曰：「向之所夢，非此翁耶？」由是縮嬴節侈，銖積寸收，誅木於山，陶甎於野，薙荆榛，逐狐兔，梓人斧斤，圬者塗塈。不一月工訖，魄體寧於馬鬣，神明妥於鶴柱，復五百年之舊物，增一邑之偉觀。君之尊禮前賢，功亦大矣！雖然，蘇子瞻嘗稱涪翁超逸絶塵，獨立萬物之表，乘風馭氣，以與造物者遊，是不以世人期涪翁，而以至人期涪翁也。徽之别駕，君之夢尤信。太守祝公以其事告予，且曰：「此與前守許公夢徐高士相類。」予制中不能文，遂屬太和羅儒士輔次第其事，刻之祠中。君名尹，字天民，浙之嵊人，端志雅操，贊理郡政，類是者多。翁廬之廢不夢之他人，而特夢之君，其正感召以類者乎！

重新濂溪書院山谷祠記

（明）方　沆

沆不佞，束髮受書，聞濂溪周先生之光風霽月，山谷黄太史之節概文章，雖不能至，而竊嚮往焉。中年再剖郡符，乃得分寧，實爲太史枌榆社，周先生嘗佐是邑。寧人吏尸祝之，猶召伯之甘棠也。先生故有祠，以嘗延名士講業於斯，命之曰書院。太史馬洲祠圮，更卜爽塏，具在旌陽山之麓，歲久陵夷。不佞顧瞻榱棟，且謀改作，以申仰止。會有學官之役，庀材鳩工，而力不遑。居歲餘，兵使者洱海史公旌賢奉璽書來莅兹土，實式臨之。

謁祠之明日，下教曰：「二先生不以分寧重，而分寧之以二先生重。五百餘歲於兹矣，都人士顧不知所以重二先生，而令祠事不飭，風雨飄搖，謂仰止何？豈其時詘而舉羸也者，以僕僕父老子弟則病者乎？主吏其亟置對。」於是劑量沿革經費條上之。史公檢括所部闕伍羨錢若干，以鳩工庀材。不佞暨一二僚友捐薄俸襄之，縉紳士庶聞風而興，輸金於槖，出粟於囷，獻材於山。不假徵發，趨事争先，蓋三浹月而工師告竣矣。書院鼎新者爲光霽堂，先生遺像在焉。堂兩翼爲諸生精舍，各二楹，前爲重門，其堂之後三楹若大門棹楔，葺如故。祠鼎新者，臨流爲涪翁亭，其堂皇門廡精舍若干，葺如故。季秋之吉，史公率部吏而下士庶落之。揖讓登堂，廟貌有嚴，檐楹軒豁，趨蹌登降，肅肅雝雝，庶幾挹先生光霽遺風乎。臨亭而弔古懷賢，山高水長，峻節如在，若與聞涪翁謦欬而接袵以游也。不佞因以尚論其世。寧自啓土以來，駐節分符，不知凡幾。明興，表章先哲，崇濂溪廟貌者督學邵二泉公，創山谷塋祠者中丞林見素公。聲應氣求，要非偶合。大都濂溪「無欲故静」一語，固爲《太極圖説》根宗。太史即以篇翰名家乎，乃其抽毫見志，鑪香隱几，萬慮俱消，木落江澄，本根獨在，彼其人豈規規物化者。史公寧澹自況，蓋入周先生之室，而神游太史之堂，鋭意作新，群情響應，豈曰沾沾增一方勝概耶。象指樹惇，是在部吏。若父老子弟，紬繹於無欲之訓，以共挽波流，則史公躬化餘事也。若巡功競勸者，謝丞詵，巡檢徐汝楫、朱復佑，耆老張汝善、李廷震、查國利、梁濟節、劉廷文、石邦梁、佘𨭌、陳以忠、張方靖、徐國貴、徐一元、石邦境咸與有勞云。

修濂溪山谷書院合祠記

（清）班衣錦

嘗攷禋祀之典，能捍災禦患，有功德於民則祀之。而昌黎有言曰：「此鄉先生没而可祭於社者，是禮以義起。」則天下之郡縣名宦鄉賢之祀不自今日始也。而分寧之有名宦鄉賢，别有祠合祀，亦如功德豐大，别立祧廟，禮以義起，其制亦不自今日始也。分寧當宋時號爲上望，而官於斯者有濂溪周先生，與生於斯者有山谷黄先生，一時同世同地，道德、文章、節義交相愛慕，而分符是邦與擢秀修江者不幾千古稱盛哉！且兩先生，一探東魯之源，爲圖爲書，道統於焉不墜；一開西江之派，作史作詩，文風賴以維新。功德豐大，宜别祠以合祀也。余守斯土，烽煙搶攘，出郭祀兩先生於於山麓之墟，觀山水之勝，感念兩先生道德、文章、節義交相愛慕，嘆曰：「詩淵學海名今古，流水高山壯几筵。」蓋仰止儀型而自赧。去兩先生之世六百餘年，分符濫膺刺史二千石之職，地已蹂躪，彫殘告疲，爲南昌下邑。手綰銅墨，山城丘墟，工部詩曰「城空草木深」，是分符之地同，而今昔盛衰則不同於先生所守之時矣。學道愛人之訓，祗懷霽月光風，胸次灑落，以爲儀型而已。乃太史枌榆之鄉，今兵凶薦臻，而山川依舊，井里丘墟，欲求再見雙井當年之盛，徒憑弔往古，爲之唏噓。僅存兩先生合祀之典，兵火廢其堂奥，敗其周垣，毁其精舍，俎豆鑪煙，僅存春秋奉循之具文。史遷有言曰：「是予之責也夫！是予之責也夫！」予烏得不亟修之，以副仰止之忱哉！爰捐資爲倡，亦如修葺學宫之舉，與同官及紳衿士相爲倡和。鳩工庀材，爲堂爲奥，爲門爲垣，爲東西之精舍以翼之。自門徂堂視之，歷階而升，有嚴有翼。中塑兩先生像，儼然分符是邦與擢秀修江者同時同地，坐對一堂。自堂徂基，歷階而下，洞門重開，正如我心少有邪曲，人皆見之，又足以副余仰止兩先生之型。是役也，造舟維梁，俾州人士出郭有濟，次第經營，則在康熙十七年之仲春。鳩工斲材，興畚鍤，芟荆除草，爲堂三間四楹，爲内堂楹數亦如之。爲門，爲垣，爲精舍，相翼於東西，如企斯翼，如矢斯棘。中置俎豆，以祀兩先生，擇衲子身佩戒香者爲之，昕夕鐘鼓，司香水，司啓閉。其甫工則於康熙十八年十月，工竣則於十九年之二月。是不可不紀之，以告分符是邦者與生於是邦者。他若祭田有租，助修捐資之數，官秩姓氏，别附碑陰。

修濂溪山谷合祀祠

（清）徐永齡

甚矣，學問足明正道，文章足洗陋習，著當時而傳後世者不恒有也，宋濂溪、山谷兩先生足以當之。且一宦於寧，一生於寧，宜乎寧之人讀其書，思其人，而崇其祀，百世不衰也。予於甲辰冬承乏兹土，甫下車，謁兩先生像於旌陽山之麓，祠宇漫漶，圍墉傾圮，時即有興廢舉墜之心。會地極彫瘵，事益繁劇，余更拙於才，日無暇晷。每春秋虔祀之，蹙蹙靡寧。今且越四載矣，敗椽折棟，不足以蔽風雨；頹垣破壁，不足以避狐兔。因自念曰：茂叔之《太極通書》探孔、孟之旨，而發天理之源，明正道也。涪翁著文立説，本於眉山蘇子，並起唐末五季之衰，洗陋習也。當時學者聞兩先生之名，翕然宗之。及今幾五百餘年，而覽其圖籍者如仰麗天之星斗，莫不爲之起敬，雖通立其祠祀於天下郡邑不爲過，夫何已有祠而弗葺弗飾之若斯乎！吾知覽物好古之士必至此蕭條悲焉。且名宦如茂叔，鄉賢如涪翁，尚不能邀分寧之興其祠以隆血食於世世也，則後此之名宦鄉賢其又何望焉！稽之志，周之書院，黄之祠舍，初未嘗不巍然焕然，足以聳士君子高山仰止之思。乃兵燹屢殘，基址屢易，兩先生之合祀於此也，毋亦時爲之乎？然因時制宜，踵事增華，實有官者與都人士之責也。敢肅蕪詞，告我同官，暨縉紳先生諸弟子員。是役也，不求煇煌壯麗復全盛之偉觀，但期去此頹敗，删此荒榛。中爲堂三間，門爲屋一間，兩廡六間，擇衲子之有戒力者居之，以供灑埽香火之役。典禮不墜，而兩先生之精靈有所憑依矣。後之官於斯、生於斯者，仰瞻遺像，俯稽載籍，或有懷光風霽月而學道愛民，或有懷節概文章而尊經復古，則此之協力創舉不爲無功于來兹云。

黄文節公犀津專祠記

（清）宋調元

山谷先生故居在雙井，舊有祠，今圮。馬洲之地亦有祠焉。歲月既多，陵遷谷變，求昔時俎豆之墟，荒煙蔓草，此好古學道之士所爲低徊而慨嘆者也。壬午秋，予奉調視州事，首以先生文集是務。詢其禋祀，不可得，正欲倡復舊規，以崇祀典，適其後裔榜等公同建祠於犀津之上，輪奐嚴翼，實完實堅，請予文以紀其事。予考《宋史》本傳及蘇公薦疏，一道先生之姱節修名，興起來學，固當與關、閩、濂、洛並崇祀典。昔濂溪以主簿來寧，先生日就講學，尊且信曰光風霽月。東坡見先生詩文，稱之曰精金美玉。噫！微先生不能寫濂溪之高風，微東坡不能闡先生之純粹，蓋惟有道者能形容有道，理固然已。諸公祠祀，所在都有，而先生之廟從未有請而崇祀者，詎非缺典歟？方今重道崇儒，於歷代名賢祠宇加意修葺，而封疆大吏莫不上承德意。予職在表彰，請頒先生祀典，并立祠生，以永奉祀，俾春露秋霜，靈爽有所式憑，則瞻廟貌而深仰止者，應不獨其苗裔已也。犀津爲附郭區，山環水繞，足妥先靈。予既樂其廟貌焕然，而重刻《全集》亦届落成。適以抱痾解組，不先不後，謂非有數存乎其間耶，心乎斯道者可以蹶然興矣。謹盥手而爲之記。（以上並見光緒義寧州署重刊《山谷全書》首卷二）